A FRANJA DO FIM DO MUNDO

SÉRGIO ABRANCHES

A franja do fim do mundo
Copyright © 2025 STARLIN ALTA EDITORA E CONSULTORIA LTDA.
Faria e Silva é uma Editora do Grupo Editorial Alta Books.
Copyright © 2025 Sérgio Abranches
ISBN: 978-65602525-61
Impresso no Brasil — 1a Edição, 2025 — Edição revisada conforme o Acordo Ortográfico da Língua Portuguesa de 2009.

A161l
ABRANCHES, Sérgio.
A franja do fim do mundo / Sérgio Abranches. — Faria e Silva Editora, 1a edição - São Paulo - 2025.
208 p. ; 14x21 cm.
ISBN: 978-65602525-61
1. Ficção científica brasileira. 2. Distopias. 3. Colapso social - Ficção. 4. Cibercultura - Ficção. 5. Realidade virtual - Ficção. I. Título.
CDD: 869.3

Produção editorial:Grupo Editorial Alta Books
Diretor editorial: Anderson Vieira
Editor da obra: Rodrigo de Faria e Silva
Vendas governamentais: Cristiane Mutus
Produtor editorial e capa: FS - Estúdio

ALTA BOOKS
GRUPO EDITORIAL
www.altabooks.com.br

Rua Viúva Cláudio, 291 — Bairro Industrial do Jacaré
CEP: 20.970-031 — Rio de Janeiro (RJ)
Tels.: (21) 3278-8069 / 3278-8419
www.altabooks.com.br — altabooks@altabooks.com.br
Ouvidoria: ouvidoria@altabooks.com.br

Editora afiliada à:
ASSOCIADO

A FRANJA DO FIM DO MUNDO

DISTOPIA CIBERNÉTICA

SÉRGIO ABRANCHES

FARIA E SILVA

Sumário

"(...) smoking in the supernatural darkness of cold-water flats
floating across the tops of cities (...)"

Allen Ginsberg, Howl

"e olhei, e ouvi uma águia que,
voando pelo meio do céu
dizia com grande voz:
ai ai ai, dos que habitam sobre a terra!"

Apocalipse 8:13

"Time present and time past
are both perhaps present in time future,
and time future contained in time past."

T. S. Eliot Four Quartets

Colapso

No breu se conhece a verdade. É nele que o real se dispõe para os humanos sobreviventes do colapso. Nas noites apagadas cada um chega ao âmago do ser para se interrogar. É o instante em que vida e morte se tocam. É nele que, noturnamente, as pessoas encontram o começo e o fim, o alfa e o ômega. Toda história pessoal é antes e depois do apagão. É nele que a pessoa se descobre por inteiro. Nele se vive ou se morre.

Ricardo Abe, todos diziam Ricabê, acordou enfastiado de si. Desgostoso de quem era. Escondia a depressão, seu estado habitual, e a falta de concentração produzindo fluxos de palavras logicamente conectadas, porém sem sentido verdadeiro algum. Seus fãs diziam que era um poderoso fluxo de consciência falado que depois ele transformava em ensaios de crítica cultural. Ele se via falando ou escrevendo frases redondas e vazias de significado. Pensamentos saídos no arranco do improviso. Não tinha mais como se esconder de si mesmo. Continuava a ensinar e a escrever por precisão.

O cargo de professor era um privilégio dificílimo de obter e cobiçado por todos que terminavam o doutorado. Fazia parte de uma guilda muito exclusiva. Sentia-se duplamente mal, enganava os alunos com seu palavreado que parecia culto e pensado, ocupava com a farsa uma preciosa vaga por tantos desejada. A chefe do departamento não concordava com seu autojulgamento. Ela o considerava um grande pensador e o mantinha no emprego. Foi ela quem descreveu seu processo como "poderoso fluxo de consciência". Ele tinha muita vontade de deixar a segurança artificial da Cidade Universitária, aventurar-se pelo resto da cidade. Porém não havia muitos lugares aonde ir. Não se atrevia pelas escuridões tenebrosas desse tempo de ocaso, nem a enfrentar o descampado, atravessar espaços desprotegidos, misturar-se aos desgraçados. Queria o impossível, aventura sem perigo.

Logo no início da calamidade o sinal da internet sumiu. Surgiu uma outra rede, livre, inviolável e cheia de atividade, informação e comércio. Era a AlterWeb, uma web paradoxalmente perene que funcionava via satélites deixados por um superbilionário que desapareceu. Dizem que tomou um foguete para Marte, onde ergueu uma mansão para viver isolado sob um domo com a atmosfera da Terra. Ninguém sabia quem administrava essa rede que nunca saía do ar, mas era aberta a todos. Foi ela que permitiu o funcionamento dos celulares e outros dispositivos de comunicação. Apenas alguns sítios mais reservados requeriam senhas para entrar. Todo o resto era desimpedido. Ricabê encontrava algum refúgio no ciberespaço. Nos apagões, navegava na AltWeb e para isso precisava ter toda a energia que conseguisse obter. Tornou-se a janela na qual se debruçava para ver o outro lado da vida passar.

O colapso foi muito mais rápido e mais grave do que os cientistas previram e os governos imaginavam. Os desastres cuidaram de criar o caos. O encontro de violentos eventos climáticos com a sociedade despreparada e descuidada foi catastrófico. Os oceanos aquecidos levaram o planeta ao desequilíbrio térmico. As ondas de calor ficaram terríveis e matavam as pessoas em poucos minutos. Vírus desconhecidos, alguns ancestrais, se repetiam em séries mortais, era o tempo da peste permanente.

A Amazônia se tornou um Cerrado pobre, em processo de desertificação. A floresta do Congo virou savana premonitória de um deserto. As chuvas e enchentes destruíram cidades inteiras. Populações ficaram isoladas. O derretimento das geleiras elevou o nível dos oceanos cujas águas revoltadas retomaram as cidades costeiras. A queda de icebergs no mar provocou tsunamis devastadores. O planeta passa mais dias no ano apagado do que aceso. A maior parte dele virou pedra e deserto.

Os países foram devastados por uma combinação irresistível de extremos climáticos. Os estados-ilha do Pacífico foram os primeiros a desaparecer sob as águas. Neles começou a neoêxodo. O êxodo climático se espalhou por todo o planeta. Imensas áreas ficaram inóspitas. As poucas terras e cidades com localização mais segura, que mantiveram condições razoáveis de vida, foram conquistadas por deslocados ricos das regiões devastadas, capazes de contratar milícias para assegurar as invasões. A chegada dos neocolonizadores provocou revoltas armadas. Uma carnificina. De um lado, os rebeldes, de outro, exércitos de mercenários bem armados contratados pelos super-ricos. As resistências locais foram dizimadas, um genocídio atrás do outro. Mas não conseguiram preservar as cidades apenas para eles, elas foram tomadas pelas vagas do neoêxodo.

A lei de Darwin, implacável, era a única que imperava na anarquia resultante. Sobreviviam os mais aptos, os mais adaptados ao ecossistema caótico de derrocada geral. O que restou do mundo vivia aturdido pela falta de expectativa de futuro. A população da Terra diminuía em exponencial negativa, a desgraça fazia o controle populacional no planeta em mutação. Tudo se sabia pelas redes clandestinas que logo se tornaram os únicos canais de comunicação.

Os apagões iam e vinham. Alongavam as noites sempre desiluminadas. A principal tarefa era regular a distribuição da energia. Para isso os cientistas da Cidade Universitária desenvolveram um sistema de gestão por inteligência artificial. O algoritmo excluiu residências e zonas periféricas. Tudo que não fosse essencial foi desligado. O objetivo não era distribuir eletricidade, era hierarquizar a falta. Os cortes às vezes duravam vários dias corridos. Não havia mais sinais luminosos ou iluminação pública.

A necessidade fez prosperar a economia artesanal para produção do que chamavam suprimentos energéticos. Os setores mais dinâmicos da economia eram o de placas solares, turbinas eólicas, biodigestores, biogeradores e baterias. Eram vendidos em três tamanhos, mini, médio e maxi. Quem podia comprar, tinha o privilégio da energia e mais liberdade. Os artesãos passaram ao topo do prestígio social e se organizaram em guildas, corporações de ofícios e privilégios. Toda a vida girava em torno das sequelas do colapso. No mercado público, a maioria empobrecida disputava itens escassos, principalmente comida. Hortas, criatórios e fábricas de alimentos sintéticos tomaram os galpões industriais e as grandes residências abandonadas nas zonas protegidas. Quem pôde, construiu estufas climatizadas com energia solar.

À noite, fotografadas pelos satélites, a Terra era um planeta escuro pintado com escassos pontinhos luminosos das pequenas áreas das cidades que tinham o privilégio da autogeração. Nas ruas, dominadas por violentos bandos armados, pandemônio absoluto. Uma guerra sangrenta dominava a cidade noturnamente. A produção e a venda de armas cresciam exponencialmente. Não faltava energia a essas fábricas. Sua extensão era revelada pelos cadáveres das manhãs. Eles se amontoavam pelas calçadas para serem recolhidos por caminhões de lixo adaptados para a função, pois ficaram obsoletos com o uso de resíduos para a produção de energia e a eliminação da produção de plásticos. Os corpos eram jogados em esteiras manuais que levavam a enormes fornos a gás para serem cremados e sua queima gerava energia biotérmica. Surgiu uma nova ocupação. Operador de esteiras. Trabalho manual pesado, pedalar para gerar energia motora e mover a esteira levando os corpos até a fornalha.

Zapeando

Ricabê iniciou mais um final de semana confinado com um misto de raiva e tédio. As noites eram longas e enfadonhas. Ele não sabia como lidar com o fastio dos dias sem eletricidade, das noites sem luz, nem com a ameaça contida nas ruas. Decidiu não beber, nem se drogar. Se quisesse, era fácil, em conversas com seus alunos, ele descobriu como encontrar senhas mutantes para nichos fechados. Elas davam acesso ao DeepVault, o DêVê, um cofre lacrado protegendo setores que abrigavam o bazar de armas, numerosas butiques que vendiam cannabis e compostos lisérgicos entregues a domicílio por grupos fortemente armados. Mas, como então abater essa ansiedade que sobe dos pés como uma aflição e, ao chegar à cabeça, sufoca? O corpo vai sendo tomado por uma comichão, uma gastura para a qual não há alívio. Ele se sentia sempre num mal calculado e longo mergulho em apneia e lhe faltava o fôlego para completar o derradeiro metro até a superfície. No mergulho só sobreviverá se mantiver a respiração presa até a superfície. Mas, que superfície? Tudo é abismo, tudo escuro, tudo vácuo. Mais um pouco, e a depressão o manda para o fundão, sem ar, sem saída, sem luz. Se pudesse usar o computador, talvez ajudasse. Mas esqueceu de recarregar as baterias, faltou-lhe a eletricidade de suas fontes próprias e nada recebeu da rede externa. Regra número zero: nunca ligar o gerador sem precisão absoluta. O gás que conseguia obter do mini biodigestor com seus dejetos e rejeitos era para máximas emergências e não dava para muitas horas.

As noites são apagadas. Mantê-las acesas virou luxo inaceitável. Um grupo de vigilantes, a Irmandade da Noite, impedia, se necessário à força, o uso da energia fóssil e nuclear. Não se pôde mais produzir combustível. Só circulavam veículos elétricos, bicicletas e skates. O mundo conseguiu ver as estrelas novamente. Mas as pessoas tinham medo de sair às ruas ao anoitecer. Era preciso estar atento o tempo todo para não ser atacado e morto. Não havia segurança no escuro fora dos bairros protegidos.

Ninguém jamais viu sequer uma pessoa da Irmandade da Noite. Agiam como seres invisíveis e indetectáveis que destruíam rapidamente usinas inteiras sem provocar a morte de seus trabalhadores. Alguns deles relatavam estarem trabalhando, num momento e, no outro, acordarem fora das usinas, transformadas em um monte de escombros. A Irmandade da Noite não se incomodava com a autogeração, desde que fosse eólica, solar ou a biogás residencial.

Em cada cidade, facções criminosas ou super-ricos assumiram o controle do sistema elétrico e deixavam a gestão com especialistas de sua confiança. Nem eles se atreviam a transgredir os limites impostos pela Irmandade. Algumas zonas recebiam cotas de energia maiores que complementavam com a autogeração, principalmente as zonas comerciais, de ciberserviços e o campus da cidade universitária, concebida como a reserva de conhecimento e experimentação em busca de uma saída para a tragédia continuada que viviam.

Ricabê mantinha um cômodo de seu apartamento cheio de baterias recarregáveis e um pequeno gerador a biogás. Minigeradores eólicos e janelas com vidro fotovoltaico lhe davam alguma eletricidade. Custaram muito caro e exauriram suas reservas. Nada era novo. A escalada brutal de preços que se seguiu deixou esses bens de primeiríssima necessidade fora de seu alcance. As baterias duravam poucas horas. Já estavam perto de terminar o prazo de validade. Com a proteção da Chefe do Departamento de Filosofia foi promovido recentemente ao topo da carreira. Não achava que merecesse, mas lhe permitiria renovar seu estoque de baterias e seu minigerador. Faltava-lhe, porém, coragem para ir até o mercado de baterias no Beco do Silício.

As lojas de produtos digitais, de consumo, drogas, armas e munições foram concentradas em zonas demarcadas da cidade protegidas por grupos armados. No Barsenal, fica o bazar das armas, protegido por uma milícia paramilitar violenta e fortemente armada. Na Alameda do Delírio, compra-se todo tipo de derivados de cannabis e compostos lisérgicos. No Beco do Silício, encontra-se tudo que é necessário para estar na ciberesfera, além de prestadores de serviços, hackers, codificadores e especialistas em todas as ciberatividades possíveis. Os preços são mais altos, mas os produtos artesanais de qualidade garantida. O barateamento fez das tecnologias biônicas, de interação entre máquina e o corpo humano, commodities acessíveis a todos os cibercirurgiões.

Sempre aparecem ofertas de superbaterias baratas. Muitas explodem e matam seus usuários. Agora tinha o dinheiro para pagar o preço de baterias seguras, porém lhe faltava a coragem para enfrentar as ruas. Ricabê frequentou o Beco do Silício bem no começo da reocupação da cidade, durante o dia e com muito medo. Agora, não tem mais coragem de se aventurar por lá. O perigo está por todo o caminho. Para chegar à zona do comércio, que é ordeira e muito bem vigiada, ele precisaria atravessar avenidas e ruas tomadas por grupos violentos, vândalos e todo tipo de bárbaros. Um aluno seu teria como conseguir salvo-conduto com o chefe de uma das facções no controle de territórios na Zona Central. Todos aceitam os passe-livres, é do interesse deles. Ricabê chegou a usar um desses e foi uma experiência aterradora. Em cada parada era tratado com brutalidade, aos empurrões, sob a mira de armas, até que o passe-livre fosse verificado e liberado. Bom era ir com alguém respeitado por todas as lideranças e com liberdade para circular. Ainda assim, havia o perigo de atravessar ruas em que a violência era aleatória, imprevisível e ninguém respeitava nada. Só carros blindados conseguiam atravessar com alguma segurança, caso nenhum grupo recorresse a granadas ou a um RPG-7.

No mundo todo, desgoverno absoluto. Vastas áreas submersas. Outras desertificadas, sem terra agricultável. Sobraram cidades superpopuladas, sem governo, ou dominadas por tiranos. Fragmentos de humanidade isolados e com escassa comunicação entre eles. A maioria das cidades surgiu no neoêxodo. Cidades pluriétnicas, herdeiras da tecnologia avançada, muitos cientistas e tecnólogos chegaram na dispersão. Contradição humana. Conhecimento e tecnologia de ponta e brutalidade geral.

Se pudesse usar o computador, a primeira coisa que Ricabê faria seria um pedido desesperado de socorro pedindo informações de como comprar baterias de mais longa duração em segurança, com garantia de origem e por preço justo. Mas já sabia a resposta. "Defina segurança. Quem tem poder determina o que é seguro e o que é justo." Está cansado... entediado... entre um projeto terminado e outro ainda totalmente no imaginário... Poderia navegar sem destino na Alternet. Ir saltando de uma página a outra, até encontrar uma senda pela qual pudesse entrar. Uma fenda no espaço ciberal interminável, uma viela sem lei onde se encontra de tudo, as pessoas falando as línguas mais diferentes ao mesmo tempo. Vendedores de fantasia numa terra de ninguém, num comprido beco diagonal, refúgio de nômades diversos, cada um em sua busca pessoal, todos estrangeiros, todos mal adaptados. Uma desalentada Tortuga onde se abrigam piratas digitais e degredados de toda sorte. Ricabê sentia-se cada vez mais deslocado em seu mundo e passava cada vez mais tempo nesse ciberexílio.

Ou então, seguiria alguém que posta mensagens incertas no AlHalqa, plataforma de mensagens da AlterWeb, onde se encontra comércio, entretenimento e informação. É um círculo franqueado a todos no qual se pode interagir, odiar e amar em isolamento. Leria todos os seus posts sem sentido e, depois, os misturaria em busca de um conteúdo combinatório que tivesse algum significado. Ninguém mais se preocupa em desinformar ou mentir. A vida real suplanta qualquer absurdo que mentes estreitas sejam capazes de pensar. Podia continuar o diálogo com @wanderer sobre o sentido moral do apagão — apagões podem ter sentido moral, ou são o próprio desfalecer da ética? — conversa livre que se estendia inconclusa por meses.

Os tiros pararam. Como os animais da noite se calam na antecipação da luz. Fez-se silêncio incerto que começa simultaneamente em vários pontos e contamina todo o resto. Fim do apagão. Foram 95 horas, menos que o anterior, de 150 horas. Os apagões eram arbitrários. Morreram milhares de pessoas não identificadas, centenas de membros conhecidos de gangues de rua e dezenas de crianças. Em todas as partes da cidade houve mortes, saques, estupros, depredações, carros incendiados, prédios violados. Menos nas zonas protegidas, principalmente não no condomínio dos super-ricos, o bunker chamado Éden.

Quando a noite chega, dá partida a uma guerra noturna de todos contra todos. Sabe-se pouco do que se passa. É informação guardada com zelo por quem sabe. Um segredo iniciático. Informava-se no *Repórter Digital*, o site noticioso mais visitado da Alternet. Não há mais polícia, só a Cibernética. Todo o efetivo policial foi privatizado para fazer a segurança do Éden e das zonas protegidas. O serviço lhes rendia muito mais do que quando ganhavam o salário oficial. Fora o que fazem nos saques.

Tem tentado escrever sobre o insondável apagão, sem dele nada saber. Puro exercício de imaginar o que não sabe, descrever o desconhecido. A noite libera nossos vampiros, nossos lobisomens, furtivos caçadores noturnos. A noite ficou definitivamente gótica. A noite ficou mais noite. É o cemitério das almas. A escuridão prolongada dá medo, medo é o companheiro dos piores sentimentos, atrai desejos violentos. Quem muito teme pode atacar cegamente e a espera prolongada nas trevas pode transformar a todos em lobos ferozes em desesperado e mortífero confronto entre si.

Quase aliviado com a volta da eletricidade, Ricabê pôs as baterias para carregar, ligou o computador, clicou na lupa e digitou três letras aleatoriamente. As pesadas nuvens tóxicas foram temporariamente dissipadas por fortes rajadas de vento que logo serenaram. Uma leve brisa moveu seu gerador eólico, uma nesga de sol atingiu as placas solares de suas janelas, a eletricidade chegava da rua, como dádiva. Seria o suficiente. Sua existência se resumia à recarga de baterias, nada mais esperava da vida. As aulas eram seu derradeiro martírio. Escolheu o terceiro link, escrito em checo. Dentro dele clicou em outro link, escrito em inglês, em mais outro, também em inglês, e num terceiro, em alemão. O tradutor do navegador com IA avançada transcrevia tudo para a língua escolhida por quem lesse e as respostas que postasse seriam vistas por cada um em sua língua nativa. Chegou a **Outcast Texts**, traduzido pela IA como Textos Renegados. Deve significar alguma coisa.

`@randombrowser Você posta no Outcast Texts @outcastself?`

Havia textos em muitas línguas. Eram como uma coleção de peças sem nexos, que não encaixavam entre si, nem se podia imaginá-las em outro lugar. Talvez na origem fosse apenas um site em construção ou um ficwiki sem rumo e, de repente, os ciberandarilhos chegaram com seus textos, postando-os ali e eles foram se acumulando, sem ordem e com significados que só cada tribo seria capaz de decifrar. Uma composição coletiva com textos das mais diversas @s.

@outcastself Não. @randombrowser Sou outro tipo de marginal. Onde está isso?
@randombrowser aaa.hlq.alhzw7c @outcastself
@outcastself Tks @randombrowser ;-)

Clicou em um link estranho, (Un)bliss. A IA traduziu como Desluz e sugeriu como alternativa Desêxtase. Ricabê registrou mentalmente que a palavra certa e sonora, perfeita para o contexto em que viviam era Desluz. Página escura, uma linha branca irregular e aleatória vai serpenteando pela tela, como uma gilete cortando errática um fundo opaco e deixando entrar uma fímbria de luz, um sussurro de esperança. Um ciberpoema. As palavras se desfazem, voltam à fenda, a linha refaz seu trajeto em reverso, fechando o rasgo e a página apaga. Na próxima rodada outra combinação de letras forma novas palavras. O processo se reproduz reiteradamente, sempre com palavras diferentes. Ficou na dúvida se havia um artista por trás ou se foi tudo produzido por um algoritmo de inteligência artificial, mas gostou do jogo de palavras. A poética do apagão.

Postou, copiando o espírito do poeta ou do ser digital:

@randombrowser fascine-se fira-se ferva-se fofe-se firme-se aaa.hlq.kzw9g responda

@wanderer
@wanderer foda-se rsrsrs @randombrowser

Novo click, Legião da Franja do Universo.

"Franja de interferência: padrão de claros e escuros causado pela superposição de ondas de interferência cósmica. Explosões solares? Descobrimos outro tipo de franja, um padrão de claros e escuros que se parece com uma trama complexa e está em expansão. Requer um olho treinado e rápido para divisá-la nas sombras e nas ondulações." (@Legionnaire)

"Nada se vê na franja do universo. Tudo se funde e confunde. É o último ponto da terra em expansão, onde não se vê uma única árvore viva e até as pedras perdem a consistência. As ondas de calor são inclementes, fatais. Estou tentando separar as camadas e ver se é possível enxergar algo nesta borda do universo. É como andar no ar morto no ermo chinês da Terra. Ninguém consegue descobrir por onde ela começou a se espalhar. "Vamos avançar mais para a borda", @Cybil sibilou no meu fone de ouvido, "o que você acha que vamos encontrar? Nada. Apenas outra borda do universo." (@Nezin)

@wanderer foda-se frustre-se feche-se funda-se amei! @randombrowser.

"Chego até a ponta da laje para ver a cidade na borda que foi favela. É outra beira. Um mundo que era dividido entre o asfalto e o morro. Já foi o asfalto dos brancos ricos e o morro dos negros pobres. Hoje é tudo igual, o morro desbarrancou sobre o que sobrou do asfalto. Restou apenas essa nesga da cidade, uma grande laje sobre os despojos. Todos os sobreviventes são meio pobres e meio loucos. Há brancos e negros; meio brancos e meio negros; nem brancos, nem negros. Mas nessa borda da laje estão todos igualmente fodidos." (@Pixote)

"Ground Zero: onde, não se sabe bem quando, aviões comerciais foram atirados contra grandes torres de um conjunto chamado WTC. Quando as torres implodiram, formou-se uma enorme cratera, sobre a qual construíram outra torre. Mas o buraco nunca desapareceu. Há testemunhos de pessoas que foram visitar o local anos depois e saíram de lá com a sensação exata de ter visitado um grande e maligno socavão. Uma nuvem tóxica que o envolvia nunca se dissipou. A nova torre ruiu. O fosso venceu e engoliu seus restos. Dali, a franja e seu miasma venenoso se espalharam e engolfaram toda a ilha e depois o continente. Da cidade se pode debruçar sobre ela e ver coisas." (@Bookman).

Na Legião, não havia começo, nem fechamento. Ricabê procurou e não encontrou um post inicial, nem uma explicação sobre seu conteúdo. Não havia continuidade necessária entre as postagens, embora elas parecessem dialogar entre si. Os comentários pareciam relatórios sucintos de experiências, ou metáforas em torno de um fenômeno inexplicável. Talvez não fosse mais que um sentimento emergente provocado pela ambiência tumultuosa e precária do que restou do mundo.

"Falando do Ground Zero dos confins do que foi Amerika. Nenhum sinal de alívio. Apenas uma cratera tóxica. O sentimento de vazio continua a avançar." (@donnelazero)

"Parece que a franja está chegando aqui. Há dias as anomalias se repetem, no clima, na atmosfera, nas pessoas. Os sinais parecem definitivamente com as fissuras que a precedem. O tempo das pessoas anda muito esquisito. O começo da Franja Yukon?" (@Hubris).

"Relato 2.5: Quis tirar a máscara para ver se respirava, mas não tirei. A atmosfera era muito densa. Não era só o pó. Quanto o vento cessava e a poeira decantava, era possível ver a atmosfera como uma fina malha esbranquiçada, uma neblina sem água, uma bruma seca repleta de material particulado que não se dissipa. As palavras não se propagam nesse ar pesado. Tínhamos que usar os fones de ouvido e falar pausadamente nos microfones. Curiosamente, não havia ruído, nem interferência. O som era límpido. Saía cristalino das ondas dos rádios. Estamos na verdadeira borda amazônica. Ela se espalhará por todo o planeta, um deserto ocupando o mundo a bordo de uma interminável tempestade de areia." (@Cybil)

Sentiu um impulso enorme de postar um comentário dizendo "falo diretamente de uma velha franja existencial. Sempre estive nela. Mas está mais grave agora. Ela é permanente em mim, é onde me sinto na borda terminal. Diretamente da Franja Límbica. (@FalsoFilósofo)" Mas não postou, nem sabia como fazê-lo. É um nicho para legionários e não pretendia se alistar em legião alguma. Ficaria ali, no seu canto, na estepe na qual era o único e solitário lobo.

Busca: Donnela. O resultado gerou dezenas de diferentes Donnela. Encontrou a que desejava:
@donnelazero bio: perdida no fundão da franja
aaa.legionofthebrinkoftheuniverse.halqablogspot.com/donnelazero

@randombrowser bliss fizz fuzz buzz aaa.hqbkzw9g repost @donnelazero

O próximo link dava num beco sem saída. Nenhuma passagem para outro sítio. Decidiu obedecer à regra que se havia imposto. Não é permitido voltar atrás. O percurso termina quando se chega a um canto fechado, um cul-de-sac. Uma encruzilhada de caminhos fechados. Era o retrato de seu mundo e de seu espírito. Nenhuma mensagem. Nenhum hyperlink. Antes de desligar, olhou o mensageiro AlHalqa.

@donnelazero no bliss, only blur, wtf! @randombrowser o tradutor transcreveu Nenhum êxtase, só borrão porra! @randombrowser

"Tem pessoas muito mal-humoradas na rede." No tempo físico eram mais de três da manhã. A eletricidade havia sido cortada ainda no meio da tarde. Resolveu tentar dormir. De costas, na cama, olhos abertos. Sono nenhum. Pôs os fones, escolheu a lista de música *Insônia*. Quase sempre dá certo. Na segunda ou terceira, dorme de tédio com a falta de imaginação musical.

@randombrowser insônia inquieto irritado :(
@wanderer bem-vindo ao clube @randombrowser
@fredinsolito cachaça! @randombrowser
@caçadoradeafídeos chá de camomila e hibiscos @randombrowser
@marabruma esquece fica na AlHalqa @randombrowser

Uma aula

"Em um tempo de loucura, vida no limite, sensação permanente de estar na beira do precipício, na antevéspera do Armageddon, esperar o quê? Nada mais faz sentido algum." Lembrou-se de Allen Ginsberg a refletir sentimento irmão, "I saw the best minds of my generation destroyed by madness, starving hysterical naked, dragging themselves through the negro streets at dawn looking for an angry fix, angelheaded hipsters burning for the ancient heavenly connection to the starry dynamo in the machinery of night."

Ricabê traduziu estes versos do poema beat, para seus alunos, na aula sobre a cultura da sociedade em apagamento, assim: "Eu vi os expoentes da minha geração destruídos pela loucura, morrendo de fome, histéricos, nus, arrastando-se pelas ruas do bairro negro de madrugada em busca de furioso barato, hipsters utópicos angelicais ansiando pelo antigo contato celestial com o dínamo estrelado no maquinário da noite." Ele sempre recorria a esses versos premonitórios de Allen Ginsberg e, na sequência pensava, mas não dizia, aquele sempre presente em sua mente como a mais perfeita expressão do Zeitgeist da época agônica que viviam, "fumando sentados na escuridão sobrenatural de desaquecidos apartamentos, flutuando sobre os tetos das cidades". Era, pelo menos, a perfeita tradução de seu próprio estado de espírito.

A vida engasgava na escassez e na aridez. A sociedade humana agonizava mergulhada em culpa, desespero e raiva. As pessoas se perguntavam como puderam chegar até ali e não queriam saber onde terminariam. Sabiam de consabido, mas guardavam as certezas no vão da desmemória. As manhãs eram de alívio e rendição, as noites de perigo e espera inútil de um sono reparador e bons sonhos. No mirrado horizonte humano ninguém mais ousava esperar milagres. A inércia levou à derrocada. No parágrafo final, a humanidade desamparada estava sem palavras. Não sabia qual o seu propósito no planeta, nem no cosmos. O ser humano foi um mal exemplo. Recebeu um planeta maternal e provedor e o transformou em deserto.

Acordou sem ter se dado conta de que finalmente havia caído no sono. Dia de aula. O curso – Espaço-tempo na Cultura do Colapso – era uma série de sessões sem pauta para tratar das novas tendências da cibercultura, a lógica multidimensional contemporânea e as realidades concorrentes do ciberespaço. Curso inventado por @HannahH, todos diziam "Rãnagá". Ela é a chefe do departamento de filosofia, amiga de longa data e fã que o vê como um filósofo da nova era. Para ele, a avaliação era totalmente equivocada. Ela, sim, tinha uma obra sólida e era, sem dúvida, uma das principais filósofas da atualidade. Trabalhava em um novo sistema capaz de reorganizar os valores da sociedade desalentada.

O curso ia para lá da metade. Ao final de cada sessão, programava a próxima a partir do que haviam discutido. Era mais um livre pensar do que uma série planejada de discussões didáticas. O improviso o incomodava, mas a fórmula era cômoda para ele e aparentemente funcionava, Rãnagá e os alunos pareciam adorar sua anárquica improvisação. Às vezes, após uma aula, ficava pensando no que dissera e não conseguia determinar o propósito ou o sentido do raciocínio que havia desenvolvido. Quando escrevia suas ideias e enviava para publicação, sempre esperava que os revisores acadêmicos recusassem o artigo, mas nunca aconteceu. Eles eram publicados, as revisões dos pares e as resenhas, elogiosas, um sinal, para ele, de que não levavam a sério o papel. Ou todo mundo havia enlouquecido, inclusive ele. Tudo era possível. O sem-sentido é a lógica vital desses tempos apagados. Tudo passou a ser admissível.

Quando chegou à universidade pela passarela de segurança que a ligava à área em que ficava sua casa, nos limites da Cidade Universitária, foi direto para a sala de aula. Estava lotada. Teria evitado a aula em presença se pudesse. Considerava o EAD a maior inovação na educação da era antecolapso. Ensino à distância, com ênfase no "à distância". Ficaria em casa diante de seu computador, os jovens decididos a perder o tempo com suas invencionices estariam onde bem quisessem. A sala de aula em realidade virtual substituía com vantagens a sala física, ela os reunia no mesmo ciberespaço embora separados no espaço físico. Mas os apagões prejudicaram o EAD irremediavelmente.

Só estava neste seminário para agradar à sua velha amiga Rãnagá, para poder morar no perímetro de segurança da universidade e ter salário regular. A moeda, CU$, era, claro, uma ficção. Criada pela própria universidade, circulava mediante acordo com as outras zonas signatárias do Acordo de Sobrevivência e seu valor era totalmente arbitrário. Cada moeda tinha seu valor de troca determinado por quem as recebia em pagamento de mercadoria ou serviço. O valor de uso dependia das preferências ou necessidades de quem comprava. Era por ele que as pessoas decidiam se o preço pedido era alto demais ou aceitável.

– Hoje vamos falar de espaço, tempo e risco. Alguém arrisca?

Várias mãos levantaram. Foi apontando aleatoriamente. Seriam intervenções para mostrar conhecimento e impressionar a ele e aos colegas. Cada grupo teria seus porta-vozes. As pessoas de um grupo não tinham interesse no que diriam os outros. Deixou que todos falassem bastante para intervir só ao final, quando ninguém mais se aventurasse. Os alunos percebiam sempre quando se preparava para entrar na conversa e faziam um silêncio cerimonial. "Vai falar o Zarathustra deste descaído subúrbio cultural."

Aproveitou algumas ideias que haviam sido lançadas pelos alunos, ecos de outras aulas e leituras embaladas pela insônia, respondeu às perguntas e levou para o fecho que justificaria a aula. Os alunos lhe dariam nota máxima e o elogiariam quando Rãnagá perguntasse o que haviam achado.

– Vivemos em um tempo físico que encurta aceleradamente e os riscos são mais concretos e presentes. Transitamos em tempos e espaços muito diferentes hoje. O físico é curto, raso e agonizante. A dimensão digital ampliou os horizontes. O ciberespaço não tem limites. O tempo se ajustou a esse novo macroambiente aparentemente bidimensional, físico e digital, figital, mas ele é na verdade multidimensional.

Uma gótica, com piercing, tattoos, adereços e roupa características da tribo, levanta a mão.

– Tudo é grupal, coletivo? Nada mais é pessoal?

O que ela quer dizer com isto, perguntou-se, e respondeu à pergunta.

– Ao contrário, vivemos a era do hiperindividualismo. A solidão agora é figital. Temos que considerar o espaço-tempo pessoal, intrínseco, em permanente stress. Um conflito entre a identidade grupal e a privada. Uma contradição entre o mundo mais íntimo da existência biofísica e a promiscuidade do ciberespaço. Estamos todos virtualizados. Nossa identidade é muito menos definida e reconhecível no espaço ciberal, mas é a imagem projetada que hoje nos define. Nós nos escondemos atrás dos avatares que criamos. O jogo de máscaras se universalizou, se expandiu e se tornou nossa rotina cotidiana. Os avatares são a identidade que nos garante o anonimato. As possibilidades ciborgues nos dão poder e os robôs nos multiplicam.

Uma jovem negra, dreads curtos, fez sinal de que queria falar, ele sabia que era uma slammer poderosa. Tinha um jeito objetivo e direto de se expressar.

– E os quilombos? São coesos, cooperativos e coletivos. Vejo individualidades, não vejo individualismos, muito menos hiperindividualismos.

Ela o olhava nos olhos e era visível no seu olhar o desejo de uma resposta direta, sem enrolação. "Esta é militante e esperta, mas não sei aonde ela quer chegar."

– Você tem razão, eu falava da mentalidade hegemônica. Os quilombos contemporâneos, são herdeiros do patrimônio sociocultural da era antecolapso em países de passado colonial e escravocrata. Eles mostram a possibilidade de uma vida em comunidade cooperativa e que se autoprotege. Muito mais rica do que temos no restante da velha sociedade dominante. O banarquismo é uma teoria que se nutre, em parte, dessa forma de organização social, que põe ênfase na ausência de hierarquias de mando. Já a organização dominante, fragmenta e isola, além de ser tirânica.

Ela fez uma expressão que ele não conseguiu decifrar. Um playboy interferiu na sua leitura daquela face que desafiou seu entendimento.

– Todas as identidades são falsas.

Fez uma pausa alongada. A expectativa era geral e nervosa. Todos os olhares estavam cravados nele. "Nessa era do desespero, todos querem ter fé em alguém."

– O que é uma identidade real? Nunca revelamos nosso eu pessoal. Só nosso ego social. A vida toda é um teatro onde atuamos com o enredo de nossa conveniência. No ciberespaço podemos ter muitas identidades simultaneamente, sem contradição. Avatares ou arquétipos, depende. Podemos ser falsos, anônimos ou heterônimos. Nossos eus ciberespaciais podem virar celebridades, podem ter um séquito de outros eus ciberespaciais, podem ser seguidos, bloqueados, gostados ou rejeitados, até assassinados. Estamos mais tempo hoje na parte digital do mundo, do que na física. Somos mais virtuais por mais tempo do que somos realidades físicas, biológicas. Somos mais o heterônimo do que o Eu.

– Como assim, heterônimo?

A voz era feminina, mas não identificou de onde veio. "Heterônimo deve, hoje, ter um significado diferente do clássico da era antecolapso, talvez os avatares com que alguns se escondem nas redes."

– Múltiplas identidades construídas, com sua psique própria, várias biografias íntegras convivendo na mesma pessoa. São as almas dos avatares. Vejam os heterônimos de Fernando Pessoa, poeta de um pequeno país desaparecido. É como se todos tivessem vida própria, cada um em seu microuniverso poético. Álvaro de Campos, Alberto Caeiro, Ricardo Reis e Pessoa, com sua própria identidade, ou talvez não. E não podemos esquecer Bernardo Soares, autor do *Livro do Desassossego*, que Pessoa chamava de semi-heterônimo por ser o mais parecido com ele mesmo. A pessoa Pessoa provavelmente não era a mesma que a persona poética Fernando Pessoa.

Outra mão, outra neohippie.

– Não há divergência de ritmos, de pulsos, entre esses mundos?

"Nunca ouviu falar de Pessoa, muito menos de seus heterônimos. Ninguém quer conhecer o tempo anterior ao apocalipse climático."

– Há uma inquietante disparidade entre o tempo externo e o interno. Às vezes desaceleramos e vemos o tempo externo voar. Outras vezes, aceleramos e o tempo externo fica muito mais lento para nós. E quando os tempos externo e interno aceleram em sincronia, é que vivemos os momentos de mais alta adrenalina, porque todo o nosso sistema psicofísico é confrontado por múltiplas realidades que estão em movimento acelerado. Lembrem-se de Jamila Ban, "veloz no infindável; parado no real inviável".

Muitos risos, percebeu que interpretaram a aceleração e a desaceleração dos tempos interno e externo como uma referência ao barato psicodélico. A maconha foi equiparada aos fitoterápicos. As lisérgicas eram as preferidas e estavam numa categoria à parte. As seitas leigas e céticas proliferavam. Esses cultos leigos tiveram um ressurgimento com o desmoronamento do mundo. A que crescia mais rápido era o yaquismo com a redescoberta de Castañeda e seus relatos sobre o Don Juan, o xamã Yaqui. Ela se baseava no uso do Peyote e da Datura.

O peyote é um cacto que contém mescalina, um alcaloide psicodélico que causa visões, alterações de percepção e introspecção muito intensa. A datura é uma planta linda e mortal. Tem aparência atraente, com flores grandes em forma de trombeta, brancas arroxeadas ou amareladas. Seu uso exige extremo cuidado.

Castañeda, um antropólogo e escritor de uma era distante advertia que episódios com datura eram muito mais difíceis e violentos do que com peyote. Ela pode provocar delírios prolongados e até a morte. Ele descrevia a datura como dominada por dois espíritos um, perigoso e ambíguo, outro que chamava mescalito, o espírito professor do Peyote.

Uma parte mais desesperada passou a usar datura e influenciar outros yaquistas a se unirem a eles. Logo se formou uma facção dentro da seita, apartada dos neoxamãs que exigiam progressão passo a passo e controlada até essa zona de perigo. Quando as mortes se tornaram frequentes, foram desligados do yaquismo e criaram o daturismo. Embora morressem com frequência, o grupo era recomposto com o fluxo de novas adesões. Quanto maior o desencanto com o futuro coletivo, maior o encanto do namoro permanente com a morte, para chegar ao delírio profundo. Uma seita alimentada pela negação e fuga do real vivido.

Outra tribo de rápida disseminação, a Irmandade Leary, dedicada ao psicólogo da mesma época de Castañeda, Timothy Leary, usava seus conhecimentos sobre o LSD, para expansão da consciência. Ele foi uma celebridade da contracultura da época. Ricabê sabia que muitos de seus alunos deviam ser acólitos dessas seitas.

As drogas do passado como a metanfetamina, heroína, cocaína, crack, antes consideradas as fontes de barato, passaram a ser evitadas depois de produzirem uma multidão de sequelados inaptos para a vida. Neste ocaso de mundo inóspito, era imperativo estar apto para sobreviver. Foram substituídas pelos preparados lisérgicos, que davam conhecimento ampliado com prazer e pelos derivados da cannabis, basicamente inofensivos. A memória desse barato sequelante estava nítida no daturismo.

Esperou por alguma outra pergunta, ou que alguém explicitasse o uso de psicodélicos e alucinantes. Diante do silêncio, retornou ao veio especulativo.

– Voltemos a Pessoa. Pensem a secura cética de Álvaro de Campos, o naturalismo antimetafísico de Alberto Caeiro, o estoicismo fatalista de Ricardo Reis, em Bernardo Soares, meditativo, fragmentário, melancólico, angustiado, o próprio Pessoa, ensimesmado e filosófico. Quando saltamos de um livro para outro, os heterônimos estão em permanente tensão. Se dialogassem entre si, um provavelmente censuraria afirmações do outro com uma dose alentada de espanto. Qual o mais real? Vejam se encontram a resposta neste verso:

– "É O que eu me sonhei que eterno dura,

É Esse que regressarei."

– A minha experiência é muita adrenalina, vivendo em vários mundos todos acelerados. Estressados, nem sempre em sincronia.

Olhou o playboy, avaliando se responderia algo. "Outro incapaz de decifrar os versos de Ricardo Reis, o contido heterônimo de Pessoa."

– O espaço ciberal é multidimensional e pluritemporal. As eras se justapõem no plano virtual, em janelas múltiplas, intercambiáveis e dinâmicas. Numa, estamos no tempo presente, noutra no século XV, noutra na pré-história, noutra no século XXV. No tempo que quisermos, passado, presente, futuro. Mas o dominante é o ciberespaço sem coordenadas de espaço-tempo.

Uma jovem negra, alta e esguia, dreads longos, levantou a mão, para fazer um comentário e levantar uma questão.

– Todos somos fingidores. Mas o que queria saber é se um mundo tem riscos e o outro não?

"Quis me informar que conhece Pessoa e tem sua resposta sobre qual o mais verdadeiro, interessante."

– Sempre há risco. Vivemos numa sociedade de risco extremo. Os riscos ciberespaciais são desafios à nossa destreza e sagacidade. Jogos dentro de jogos. Mas são reais, podem destruir nossas máquinas com malwares que não somos capazes de conter, roubar ou adulterar nossos arquivos, invadir nossa privacidade, explodir baterias, nos matar com drones teleguiados ou envenenar nossa alma. Um vírus de ódio pode infectar a nosso espírito, nossa psique e nos desabilitar temporária ou permanentemente... Um vírus mental pode nos induzir à autodestruição, a aderir a grupos sectaristas... São infinitas as possibilidades boas e más do ciberespaço. O que pode nos defender é o conhecimento e o discernimento.

– Esses riscos nascem da junção entre o ciberespaço e nosso mundo real?

– Em boa parte. Mas, hoje, riscos se formam e se concretizam apenas no ciberespaço, como há riscos exclusivos de nosso campo físico. Falava destes últimos. Quando entramos no ciberespaço nós radicalizamos a complexidade do nosso tempo. Uma parte dele está no plano biofísico, outra se desdobra no cibernético. Portanto, esta é uma terceira categoria de riscos, os figitais. Situações em que o digital atinge diretamente o ser físico. Essa junção altera também drasticamente a nossa metafísica. No biofísico conhecemos nosso limite. O ciberespaço é uma dimensão sempre em expansão e a inflação do ciberespaço nos coloca diante de um mundo sem bordas, infinito, que pode se distanciar muito de nosso mundo terreno. No cibermundo, podemos quase tudo, não temos idade, gênero, raça nem limites. Nele, passado, presente e futuro são simultâneos. Ele é atemporal, na verdade. Embora o universo esteja em expansão, nossa Terra está em encolhimento. Vamos criando e invadindo mundos paralelos, alternativos, contraditórios, imaginários, enquanto nosso mundo caminha aceleradamente para o desfecho.

Olhava intensamente para ele, como querendo enxergar além do que ele mostrava aos alunos. Ele se questionava sobre porque ela o estava afetando mais do que o normal.

– No mundo biofísico e no social, interdependentes, estamos em extinção: pessoal, na descontrolada violência, coletiva, civilizatória e na biosfera da Terra com o aquecimento e o desaparecimento das espécies. A nossa, certamente não será a última espécie a ser extinta.

– Você não está sendo muito absolutista?

– Claro, o que é simultâneo é relativo. Os eventos que se dispõem para mim em um dado momento, não são os mesmos os que se dispõem para cada um de vocês, no mesmo tempo. A complexidade é total porque cada cibercidadão pode construir as mais variadas combinações de seus espaços, seus tempos e identidades. Seu único limite é o hardware e o tempo físico de que dispõe. No geral, estamos prestes a ultrapassar o limite da máquina. Após a singularidade, os limites da pessoa física podem ser definitivamente superados pela máquina. Lembrem-se de Kurzweil e sua hipótese do transhumanismo pós-singularidade, que pareceu futurista na época. Humano e máquina transcendidos por uma espécie nascida da fusão biocibernética, que potencializaria a inteligência humana e poderia substituir partes humanas falidas ou falíveis por partes biônicas. Os ciborgues. Ele escreveu na era antecolapso. Hoje, já vivemos a singularidade no último segundo astral de nossa biosfera.

Silêncio, como em um templo, diante do ápice da pregação. "Numa era de pavores, talvez especulações incompreensíveis sejam um bálsamo para as dores do espírito."

– Compreender todo esse novo universo que se dispõe diante de nós, nessa travessia de uma posição do espaço-tempo para outra, requer um "salto de fé", como dizia o esquecido Kierkegaard, um mergulho em domínios que são ainda muito desconhecidos e não podem ser apreendidos empiricamente.

Os alunos o ouviam com assombro.

– A matéria da existência, hoje, biofísica e ciberespacial, é o risco extremo, a incerteza total, a insegurança absoluta, que nascem da multiplicação de nossas capacidades, da amplificação de nossas escolhas e do estreitamento de nossos limites naturais. Um lado do nosso metapresente, ilimitado, outro, cada vez mais próximo da terminação.

– Ainda não entendi onde entra a relatividade, mestre.

– Voltando à relatividade. O espaço-tempo de Hermann Minkowski desconhece qualquer tempo absoluto que faça sentido fisicamente. O tempo é radicalmente relativo e o espaço, ao se constituir ciberneticamente, também está se tornando radicalmente relativo. Mas lembrem-se do que ele ensinou: o espaço por si mesmo e o tempo por si mesmo estão destinados a desaparecer nas sombras e só a junção entre os dois terá uma realidade independente. Desde Einstein, é possível afirmar que espaço e tempo dependem do observador. O que a metafísica de Einstein nos ensinou? Que fundamental mesmo é a luz.

"Chega. Noves fora, nada. Por hoje basta de falação." Ela o olhava insistente, algo irônica, penetrante, como se quisesse entrar em seu cérebro. Ficou desconsertado.

– Na próxima aula vamos falar de cenários de extinção, no plano físico, no ciberespaço e figital. Leiam os clássicos Kolbert, sobre a sexta extinção, Dennett, sobre a perigosa ideia de Darwin, e o próprio Darwin, leitura ancestral, seletivamente, como indiquei. Dos atuais, Clara Selene, *O estágio de nossa extinção* e Bert Sagan, *A derradeira extinção*. Na sessão seguinte, falaremos da singularidade e da transcendência das limitações puramente humanas, de robôs, ciberinteligência expandida e ciborgues. Não deixem de ler o romance precursor do Vernor Vinge, *Marooned in Real Time* (*Isolados no Tempo Real*), foi a primeira referência à singularidade, o título da tradução francesa é bem sugestivo, "*Captive du temps perdu*", em espanhol ficou "Naufragio en el tiempo real", pensem na diferença de interpretação desses títulos. Não deixem de ler o texto da conferência dele, "On Singularity" (Sobre a Singularidade), no Simpósio da NASA, Vision-21 (Visão-21), de 1993. Uma antiguidade muito atual. E, claro, Kurzweil, sobre a era das máquinas espirituais. O Manifesto Ciborgue da grande pensadora Donna Haraway, a análise prenunciadora dos trabalhos de filosofia social sobre o ciborguismo. Leiam também os capítulos indicados de *Cyborg* do Steve Mann e *Superinteligência*, do Nick Bostrom. Por último, o livro de Marine Akoa *O novo ser, humano?*

"Pelos semblantes, a aula havia agradado a todos. Cada um entendeu o que quis."

– Até a próxima.

A conversa

Saiu e foi caminhando pelo campus, como se andasse por uma fase superada de um game. Conhecia os caminhos todos e seguia, autômato, sem pensar no que fazia, o que deixava todos seus gigabytes disponíveis para pensar em outra coisa. "Teorizei sobre algo que não existe. Ou não sei se existe. Soneguei aos alunos a única coisa que me intrigava naquela manhã, a franja do universo ou sua vertiginosa expansão e minha infinita ignorância sobre o que tudo isso significa. Mas foi um crime menor, porque minha preocupação não tem importância nenhuma."

– Professor... professor... Ricabê!

Era a aluna perguntadeira. Percebeu logo que era uma antigriffe, alta, esguia, negra, dreads longos, metida num macacão largo que ficava muito bem nela, uma jaqueta preta muito chique. Apostou consigo mesmo que não encontraria marcas nas suas roupas. Ela fazia parte de uma tribo rara inspirada na Cayce Pollard, personagem de William Gibson. Cayce tinha ojeriza a marcas e logomarcas, mas não abria mão do design caprichado. Os brechós da Praça das Surpresas eram onde pessoas como ela encontravam suas roupas. Foram abastecidos com as roupas e outros pertences de super-ricos mortos e muitos que resolveram viver vida mais minimalista no bunker Éden. Ele parou para que ela o alcançasse.

– Eu sou Gal, sua aluna...

– Eu sei. Lembro de você. Bastante perguntadora. Seu nome é Gal mesmo?

Ela riu.

– Não gosta de perguntas? Meu nome? Nunca digo qual é.

– Gosto de perguntas, não imagino minhas aulas sem a participação de vocês. Seria uma chatice. Você leu William Gibson?

– Sim, ele é muito bom. Aliás, você foi brilhante hoje. Nada chato. Sua melhor aula. Complexa. Mas, deixou lacunas...

– Não pode haver lacunas no nada, não trabalho com conteúdos. É um truque que aprendi com alguns filósofos franceses da era antecolapso. Você associa frases de efeito que parecem dizer muita coisa, mas na verdade nada dizem. São feitas para esconder a ausência de significado com uma dose fenomenal de hermetismo. Não querem dizer nada, não têm o poder de explicar. Não pode haver mais vazios no que já é vazio.

Deve ter decidido que Ricabê estava brincando porque sorriu, divertida.

– Tive a impressão de que você tinha mais a nos dizer e não quis. Por quê? Acha que não seríamos capazes de acompanhar?

– Impressão sua. Mais um minuto e não teria o que dizer. Estava no ponto de exaustão de minha capacidade de embromar.

Olhou-o inquisitiva, com certa ironia. – Você já ouviu falar na franja do universo?

– É uma teoria da física? Tem a ver com a dobra do tempo ou com a inflação do universo?

– Não... não sei o que é.

– Ah... Eu também não... Você escreveu algo sobre o que falou na aula de hoje?

– Escrevi. Você pode encontrar no site da *Review of Cyberstudies*, chama-se "The Cultural Time-Space Warp". Uma versão anterior, em português, está no site do curso, chama-se "A Dobra Cultural do Espaço-Tempo". O texto em inglês é o mais atual.

– Ih, foi mal. Não vi. Vou ler... Posso procurá-lo para discutir mais, depois da leitura? Esse assunto me interessa demais.

– Vamos ver se estarei por aí. Posso ter me perdido na última margem do universo.

Olhou novamente olhos nos olhos, querendo ler sua mente. Ele não a conseguia decifrar, por mais que tentasse.

– Posso ir aonde você estiver. Se preferir na sua casa, tudo bem para mim.

– É perigoso demais ficar zanzando por aí.

– Eu moro por aqui, no Quilombo Universitário. Meus pais são professores do Departamento de Física.

– Entendi. Mais tranquilo então. Você mora com seus pais, então.

– Não, tenho minha própria casa na cidade universitária no bloco para estudantes do doutorado. Podemos nos encontrar no centro, também.

– Como no centro? Só se eu estivesse maluco. Não me diga que você se atreve pela Zona Central?

– Meu escritório fica lá.

– Escritório? Na Zona Central? De quê?

– Consultoria cibernética.

– O que é uma consultoria cibernética?

– Você sabe, programação de aplicativos, codificação, IA, pesquisa na AlterWeb...

– Não é perigoso demais trabalhar no centro?

– Toda a cidade é perigosa para mim. Tenho é que saber por onde andar e como me defender.

– Bom, preciso ir. Trabalho inacabado, sabe como é.

– Ôô, se sei. Valeu. Mas, quero muito conversar.

– Falou, vamos ver como estou e onde.

– Se não marcar, apareço um dia sem avisar.

Ela o olhava de um jeito, meio ironia, meio curiosidade, misturado a um "eu sei mais de você do que você imagina". Ele se sentiu lido e entendido por ela, enquanto ela continuava indecifrável para ele. Acreditou que apareceria, mesmo, em sua casa sem avisar. Ele estava com dificuldade de se afastar. "É uma jovem interessante, linda e louca, imagina se acontece um apagão quando estivesse em minha casa. Se ficasse noite, ela estaria presa em meu apartamento até, pelo menos, a manhã do dia seguinte. Eu poderia ficar em situação constrangedora e ser mal interpretado pelo conselho."

– Você quer dizer que sabe onde moro?

– Todo mundo da Cidade Universitária sabe onde cada um mora, ué.

– Eu sei o endereço de pouquíssimas pessoas aqui da Cidade Universitária.

– Moro no Quilombo, mas também na cidade, na Zona Central.

– Na Zona Central? Mas lá é tudo controlado por criminosos.

– Tem muita lenda urbana nisso aí.

– Como lenda urbana? Quer dizer que não há criminosos na Zona Central da cidade?

– Há bandidos no Centro, lógico, mas a ideia de controle, hoje em dia, é complicada. Até mesmo o que é crime. A crença de que o mundo continua a ser como era é um engano. Há muito tempo não é mais. Aquele mundo morreu. Já você é de outra galáxia.

– Como de outra galáxia? Por quê?

– Sei lá, parece que não vive na cidade real, nem no mesmo planeta que nós.

Ele riu da insolência da moça.

– Agora está me chamando de alienado ou demente.

– Não mesmo! Estava dizendo que você vive numa bolha pessoal que o isola do que é mais real hoje.

– Melhorou um pouco, acho.

– Você é sempre tão sensível assim, se ofende com facilidade?

– Não sou assim e não me ofendi. Mas reconheço que ando meio mal ultimamente.

– Você precisa de um choque de realidade, de interagir mais com seus alunos. Somos maduros, não é um colégio, é uma pós, um doutorado. Na classe você encontra vivências muito diversas, concretas, brutais, hiper-reais. Seria bom conhecer melhor como vivem alguns de seus alunos.

– Você acha mesmo que há uma experiência de vida que é hiper-real? Se eu fosse especular sobre a experiência de vida, acho que a chamaria de hipersurreal.

– Acredito sim, mas não é para todos nós. Só para os que estão no mundo. Sua vivência não cabe neste conceito. Ela é hiporreal, sem ofensa. É que você vive numa parte muito particular da realidade.

– Para mim, tudo ficou muito surreal. Interessante essa hipótese de um quadro hiper-realista, vou pensar nela. Quem sabe escrevemos um artigo juntos? Você poderia ser minha assistente e assinaria comigo?

– Hmm, não sei não. Acho que prefiro a experiência concreta do mundo. Não sou dada a refletir abstratamente sobre coisa alguma. Vou pensar. Talvez a gente possa mesmo trabalhar juntos, mas fazendo alguns experimentos no plano físico.

– Como assim?

– Quando a gente se encontrar, eu mostro a você.

Aproveitou a deixa, disse que precisava voltar para casa e se despediram. Ele continuou no rumo de casa, mas ela havia enchido sua cabeça de dúvidas, hipóteses e suspeitas. Estava arrependido de a ter convidado para ser sua assistente. Não entendeu por que fez isso. O que não sabia é que ele a intrigava para além do normal. Quando chegou a seu apartamento, tomou um banho rápido para não gastar água, fez algo para comer e ficou na dúvida entre ler ou voltar à busca interminável no mundo digital. Estava muito curioso com aquela história de franja do universo, legionários virtuais — ou seriam reais? — Invasores do Tempo Perdido. Eram criativos e havia neles uma ambiguidade, uma polivalência que o impediam de saber se eram reais ou ficcionais. Fato ou ficção era o paradoxo contemporâneo. Não tinha dúvida de que o real se tornara o pior pesadelo e a esperança de construir um novo mundo, o sonho mais impossível. Mas como pesquisar essas ideias loucas que povoavam sua mente, algumas autóctones, outras instiladas pelo seu zapear e outras, ainda, trazidas pela conversa com a aluna. Não sabia como lidar com este tumulto mental. Resolveu pesquisar sobre consultoria cibernética e se Gal era ativa neste setor. Não obteve resultado.

Ela, deu meia volta e se embrenhou no Campus. Passou na casa dos pais, no Quilombo Universitário, e viu o sinal de ocupado nos escritórios deles. Eles estavam no Congresso panepistêmico intercidades sobre o incerto futuro e os caminhos possíveis que a ciência ainda poderia descobrir. Gal logo visualizou os dois, ambos de capacetes levíssimos, com os cérebros conectados ao computador e seus avatares clonais sentados no plenário em realidade virtual. Ninguém viajava mais. Tudo era feito no ecossistema virtual. Os capacetes tinham milhares de agulhas ultrafinas que penetravam o couro cabeludo, espalhavam um anestésico para evitar qualquer incômodo ou dor, as microagulhas penetravam até o periósteo e nanoconectores promoviam a ligação cérebro-computador. Este procedimento permitia imersão profunda no ambiente virtual com imagens rigorosamente idênticas à do mundo físico. Sem cabos, eles tinham toda liberdade de movimentos. A ciberesfera não era uma cópia digitalizada da socioesfera. Era mais complexa, um outro plano, multidimensional, onde se vivia, movia, falava, usava artefatos, fazia reuniões.

Seguiu até sua casa, trocou a mochila que usava em aula pela mochila de trabalho e saiu rumo à Zona Central, em sua moto elétrica. Esta noite dormiria em seu flat na protegida Avenida dos Especialistas, localizada na Zona Residencial do Centro. Só pessoas pertencentes às guildas profissionais e técnicas tinham acesso aos apartamentos. Gal era da guilda de especialistas em inteligência artificial.

Jobenroscado

Na verdade Gal é uma hacker. Tem elevadas habilidades. É considerada a melhor em atividade. Mas, não é bem com ela que seus clientes interagem. Relacionam-se com @Aisha, sua heterônima central para a função techie no mundo virtual. Agora, ela sabia que era seu heterônimo. @Aisha era um avatar clonal, holográfico, baseado na figura de uma atriz do início do século 21, que fazia a personagem de um game que virou filme, *Tomb Raider*. Gal copiou a imagem da atriz no filme, aproveitou sua estrutura óssea e formato do rosto, o físico, os movimentos e expressões, a atitude Lara Croft, uma aventureira autoconfiante, porém negra de pele clara, alta, com olhos penetrantes, cor de óleo de amêndoas, um jeito de feiticeira e traços de africanidade que a diferenciavam da original branca. Gal não existia no âmbito cibertecno, nem mesmo no ciberespaço. Era o ego exclusivamente social de Ngalula, uma personalidade da esfera física que frequentava aulas, a casa dos pais, o apaga-pega e as raves. Eles não eram os pais de Ngalula, haviam adotado Gal como filha para que ela pudesse ter acesso à universidade. Gal tinha em comum com sua persona física os amendoados olhos penetrantes.

Todas as transações se dão na ciberesfera. Sentou em sua poltrona ergonômica no escritório, no setor adjacente ao Beco do Silício destinado a serviços cibernéticos. Sua vida era esta, sua única vida, no entanto múltipla. Na ciberesfera, @Aisha, sua heterônima principal, estava sentada numa poltrona ergonômica em um recinto que parecia mais o interior de uma nave espacial do que um escritório. Gal é muitas. Sua biografia foi construída digitalmente, tudo criado para ocultar seu verdadeiro nome, sua identidade biológica. Ela havia conquistado independência, segurança e liberdade. Em contrapartida, sua vida era tensa, na borda possível da existência, em um ecossistema agônico onde a morte espreita passo a passo. Viver era um desafio imenso e para sobreviver aliava aos poderes digitais e biônicos forças e virtudes humanas, inteligência e criatividade. Com a acelerada desumanização, a hostilidade era o normal na natureza, na vida social e na ciberesfera. Para onde quer que se vá se encontra brutalidade. Difícil não entrar em delírios paranoicos. Ela conseguia manter a estabilidade e ir administrando bem o stress a maior parte do tempo.

Foi uma longa e dolorosa jornada até chegar ao ponto em que se encontrava. Ngalula veio para a cidade no último trem durante o neoêxodo. A composição se chocou com uma locomotiva desgovernada propositalmente por um cibercriminoso que assumiu controle de seu sistema de navegação por IA. Com o impacto ela sofreu fraturas múltiplas nos braços e nas pernas. Quando lhe ofereceram as alternativas, vários parafusos e placas de titânio, meses imobilizada e uma longa fisioterapia para readquirir, talvez, sua destreza, ou novos membros biônicos, não teve dúvida. Optou por se tornar uma ciborgue. Pôde andar e se movimentar com suas próteses biônicas quase imediatamente após a cirurgia de remoção e implante, poucas semanas de fisioterapia e adaptação motora. O único problema foi a pele sintética cuja aparência e textura, embora parecidas, não eram idênticas à pele humana. Precisou de muitos meses para cultivar sua própria pele. Agora tinha pernas e braços com aparência natural, além de uma série de habilidades e força que só os biônicos têm. Mas não precisava alardear sua nova condição ciborgue por aí. Ao final do procedimento, nada a distinguia das outras pessoas na aparência ou no toque. O acidente a fez abraçar o hacktivismo, defender boas causas e combater malfeitores digitais.

No apaga-pega, vivia o seu desabafo, sua catarse. Nas trevas nefastas deixava saírem seus demônios, nascidos da bestialidade da vida contemporânea. Liberava seus espíritos animais até encontrar as luzes das raves, onde vivia a alegria sintética das festas delirantes. No apaga jogava um tudo ou nada existencial. Sair inteira ao final drenava toda a tensão e a deixava pronta para a vida na superfície. Era uma metamorfose reiterada, um viver e reviver na ponta do precipício, no ar rarefeito. Era seu esporte radical, o único possível. A vida não valia mais nada, por que não a pôr em risco para a resgatar por um triz, restaurando parcela de seu valor perdido?

Para ser uma techie profissional aceitou muitas limitações em sua vida social, mas o que fazia lhe dava imensa satisfação e se ajustava a seu espírito arrojado. O viver incerto lhe dava excitação suficiente para não cair no completo niilismo. A vida no ciberespaço lhe permitia encontrar dimensões alternativas do território físico programadas para funcionarem muito melhor e com mais liberdade. Manejando seus artefatos sociotécnicos sentia-se superpoderosa.

Nunca revelou a ninguém seu verdadeiro nome, Ngalula. Gal é seu primeiro nome social. Escolheu-o por ser conciso e lembrar a cantora baiana dos longínquos anos 1970, de voz com um alcance sonoro raro, que chegava ao limite, principalmente nos agudos. Virou imortal no ciberespaço onde a descobriu. Ouviu-a acompanhar uma guitarra que reproduzia seu nome e ficou estarrecida. A cantora tinha um instrumento perfeito na voz. Ela tem um instrumento perfeito na cabeça e dedos capazes de digitar à velocidade biônica. Sua codificação não tem rivais, está muito à frente do restante dos hackers, é uma mestra. É lendária e se orgulha muito disto. Gosta de fazer tudo além das expectativas, navegar em águas desconhecidas. Este é um momento de extremos, de viver na borda, de onde se vê pouco e se arrisca tudo. Ngalula se adaptava para sobreviver até o último momento de vida humana viável.

Gal passou alguns minutos examinando telas do aplicativo seguro de mensagens que lhe dava acesso às muitas @s que possuía, cada uma com IP e geolocalização distintos. Havia várias mensagens, a maioria demandando a invasão de contas de criptos, quebra de senhas para espionar adversários, parentes, concorrentes. Na língua dos hackers isso se chama cracking. Gal estava muito além disso, era trabalho para a mediana do mercado. Abriu a mensagem de @Cybill. "@Aisha — já tem aquela informação?" Além de estar no topo do universo de ciberespecialistas, @Aisha pertencia aos Legionários.

A legionária @Cybil falava do contrato para que vasculhasse a vida de um cara que a assediava com violência há semanas. Queria saber quem era ele, se era um mercenário, neste caso, quais as suas especialidades. Gal já havia recolhido tudo que se sabia dele. Ela aceitou o job porque ficava no limite entre o que fazia como Grey Hat e seu hacktivismo, além disso, gostava de @Cybil, elas eram amigas no ambiente imersivo em que os Legionários se encontravam. Mergulhou fundo, examinando redes, aplicativos de mensagens, camadas profundas da ciberesfera em seus cantos mais clandestinos.

```
@Cybil, não sei o que você fez para chamar
a atenção desse cara. Só o encontrei no
fundão da rede, DêVêplus, no lado mais
remoto da AltDeepWeb. É um ciberstalker,
sequestrador e invasor de @s. Cancela fisicamente
identidades reais para ancorar ciberidentidades
clandestinas. Não teve contrato contra você. É
```

iniciativa dele. Ele é mau sinal. Mercenário, assassino e glocker. Deve aprontar alguma pesada para você ou para os Legionários. Minha recomendação, tomar medidas preventivas antes que ele ataque. Enviando as coordenadas para você localizar o bandido. Pus um rootkit no celular dele que transmite sua localização em tempo real, você pode baixar o aplicativo de localização que capta este sinal no link que vou enviar em seguida. No aplicativo tem um menu. Veja que ele permite que você compartilhe a localização do bandido em tempo real com quem você achar necessário.

Obrigado @Aisha. Já baixei o aplicativo e transferi seu pagamento. Vou pedir ao @Batty para lidar com ele para mim.

Desligaram. Recostou na cadeira e ficou examinando suas telas. O sinal de mensagem não identificada chamou sua atenção. Era para @Aaliyah, outra heterônima cujo escritório ficava no meio da Alameda do Delírio. Era um avatar clonal baseado na atriz Zazie Beetz em *Bullet Train*, um filme antigo do ano 2022. O filme não era bom, mas ela dava ótima base para @Aaliyah, uma negra boa de briga com movimentos corporais e faciais como os dela, olhos castanhos claros, voz diferente, mas na mesma tonalidade, produzida a partir de uma combinação de milhões de vozes de jovens mulheres negras com o mesmo timbre de Zazie. Criou esse heterônimo para cuidar de casos delicados. Quem conseguisse a quase impossível tarefa de rastrear seu endereço chegaria no máximo até a base de @Aaliyah. Nada a diferenciava de um ser humano, mas ela só existia na ciberesfera. Tinha um escritório físico separado para despiste. Gal se orgulhava de suas habilidades cibernéticas, de seus heterônimos, todos sock puppets hiperavançados. Cada um cuidava de um tipo de job, agrupando os clientes da modalidade. Essa compartimentação era uma outra forma de proteção.

`Por favor identifique-se.`

Abriu a caixa de identificação. Quem chamava se identificou como @B3C3D3. Ativou o algoritmo de rastreamento, uma de suas melhores criações e, em menos de um minuto, tinha dados sobre ele. Igor Raskólnikov, nome falso sem muita criatividade, mas que continha uma mensagem evidente, @ muito bem elaborada, com nome banal, feita por algum cibercriminoso de topo. Comercialmente, Gal era uma Grey Hat e, por escolha, uma hacktivista. Ficava na zona cinzenta entre White Hats, que tudo faziam com autorização prévia do dono do sistema-alvo, uma espécie em extinção, e os cibercriminosos. Não era uma hacker maliciosa, fazia o que fazia para ganho pessoal, mas só aceitava alvos do mal.

Seus artefatos iam produzindo mais informação sobre ele, em outra tela, enquanto falavam. Um Altbank, agente financeiro da Altdim, dimensão mais profunda e clandestina da AltWeb, mais exclusiva do que o DêVê. Raskólnikov era má notícia.

`Tenho um cliente que precisa de um job seu @Aaliyah. Paga muito bem, você foi recomendada por sua rapidez e aptidões.`

`Que job @B3C3D3?`

Cancelar a @ dele para sempre nos registros da polícia cibernética, na Ciberpol e apagar todo registro digital da vida dele, em qualquer parte da AltWeb. Em seguida, construir uma nova identidade real, com todos os registros e uma @, ambos com nacionalidade e vida na cidade de Ganja. Paga Alt$ 5 milhões. Dois milhões e meio up front e o restante na entrega. Eu serei o intermediário e farei os pagamentos.

Sabe que este é um dos mais graves crimes na mira da polícia cibernética, @B3C3D3?

O pagamento é proporcional ao risco envolvido.

Preciso pensar. Volte a me contactar em duas horas, vou mandar o endereço, este não é um serviço para mim e sim para a @Amina, especialista na área.

Me alertaram que seria desviado para outra @. Tudo bem. Admiro quem cuida da segurança, @Aaliyah.

Ele suspeitou corretamente que existia apenas uma pessoa por trás das @s, mas imaginou incorretamente que esta pessoa fosse @Aaliyah. Ela desligou sem dar resposta. Esse job era uma roubada. O que o tal de Raskólnikov, na verdade, lhe pedia era perigosíssimo e provavelmente chamaria a atenção da polícia cibernética sobre ela. Entraria na lista dos mais procurados em todas as cidades que fazem parte da PêCê. Sofreria todo tipo de ataque, teria que se defender de BFAs, spywares, BATs, RATs, Worms dos mais sofisticados, desenvolvidos pelos espertíssimos hackers da polícia. Também não subestimava o poder do intermediário, nem do cliente. Eles podiam se transformar em uma ameaça real. Aquela menção a "outra @" foi sua maneira de mostrar que era bem informado. Ngalula é boa demais no que faz para que eles descobrissem sua verdadeira identidade e a encontrassem. Pouquíssimos hackers vivos seriam capazes de furar seus bloqueios. Mas tentariam e seria de qualquer modo muito perigoso para Gal. E tinha mais um ponto que a intrigava, se tinham um techie tão bom para construir @s tão enganosas, aparentemente ingênuas e, na verdade, com cifras complexas, por que recorrer a ela?

A remuneração era tentadora. Ela cobrava caro por seus jobs, entre Alt$ 150 mil e Alt$ 350 mil, dependendo da dificuldade e do risco envolvido. Mas Alt$ 5 milhões era uma soma absurda e nunca fez nada na modalidade que ele lhe pedia. A Alt$ se tornou a moeda de referência. Valia, por exemplo, no mínimo, 5 vezes a CU$, moeda da Cidade Universitária, com a qual seus pais e Ricabê eram pagos. A polícia cibernética estava sempre atenta ao apagamento de @s e grandes transferências em ALT$ e tinha artefatos operando no DêVê para detectar atividades criminosas dessa magnitude. Ela não se importava com eles, era capaz de despistá-los.

Suspeitava que o cliente fosse um supercriminoso culpado de crimes que ela abominava. Para precisar desaparecer assim, era no mínimo um traficante de crianças. Os largos limites de tolerância dos sobreviventes ao colapso não deixavam de ter suas restrições, mas apenas para crimes hediondos. Seu lado hacktivista impunha limites a seu lado Grey Hat. Precisava investigar os dois com rapidez e sem que notassem. Tinha quase certeza de que o job seria inaceitável. Se fosse aceitar, precisaria uma preparação hipercuidadosa. Por precaução cuidaria de fazer @Aaliyah desaparecer e explodir os equipamentos dela. Assim que estivesse tudo destruído, o fogo seria apagado por aspersores que programou para esta função. Robôs de limpeza deixariam o escritório vazio e ele apareceria como área vaga na Alameda do Delírio. Tinha certeza de que seria imediatamente ocupado. @Amina, a heterônima, foi construída sobre a figura de Amandla Stenberg no filme *The Hate U Give*, porém com mais cara de nerd e óculos de grossos aros. Precisava saber mais desses sujeitos antes de deixar @Amina falar com @B3C3D3.

A ciberbalcanização da AltWeb não era obstáculo para ela, ao contrário, era uma vantagem. Mesmo as bolhas de proteção mais opacas não eram problema. Seus algoritmos reconfiguravam o ciberambiente abrindo portais, decifrando senhas, analisando todo tipo de informação, até os mais ambíguos e difusos. Era mestra em reconhecimento de padrões. Os seres humanos são parte da natureza, ainda que a ela hostis, e a natureza é feita de padrões. Gal construía seus próprios artefatos com inteligência de máquina, capazes de aprender rapidamente com os dados que vão coletando. Por isto a contratavam. Era, também, sua melhor arma para evitar cair em armadilhas ou aceitar tarefas que ferissem seu código de ética. Usando redes neurais e análise social de redes, seria capaz de saber com quem se relacionavam, o que faziam, por onde andavam no ciberespaço. Há agentes IA que são grandes sugadores de informação, os filtros agem para fazer sentido da massa informe de dados, as similaridades e as reiterações aparecem e, ao final, se obtém um quadro bastante preciso de quem eram e com quem interagiam profissionalmente. Era capaz de tirar sentido do caos. Bastava lançar seus buscadores nesse universo organizado e rapidamente saberia mais sobre os dois do que eles suspeitavam ser possível.

A realidade era pior do que imaginou. @B3C3D3, nome social Igor Raskólnikov, era o avatar do agente financeiro de praticamente todas as modalidades de crimes barra pesada e agenciava proteção para pedófilos, estupradores, assassinos em massa, tiranos e escravocratas. Crimes contra mulheres e crianças e escravização aumentaram na desordem pós-colapso, apesar de estarem fora da baliza de tolerância das cidades. A escravização de pessoas voltou a mover um dos tráficos mais bem remunerados desses tempos de escuridão. Os assassinatos em massa eram encorajados porque ajudavam a ajustar a demografia às carências crescentes. A liberdade virou valor relativo. Só era intocável para o banarquismo. Aderiu.

Examinando as redes de relacionamento, especialmente financeiras e as trocas de mensagens da @ de Raskólnikov, deduziu que o cliente se escondia atrás de @RDL. Após romper travas habilidosas, muito poderosas, com uma sintaxe que não pertencia a nenhum ciberespecialista conhecido, descobriu que o cliente era Viktor Leka. Ela só conseguiu porque ele tinha muito pouca atividade online e o superhacker não se preocupou em fechar as portas mais remotas e cifradas. Era o nome verdadeiro de um tiranete corrupto que comandou uma grande rede de prostituição juvenil, baseada no tráfico de meninas, meninos, e comércio de mulheres e homens adultos para o trabalho escravo. Teve também o monopólio do comércio de drogas sequelantes na cidade-república que governou. Foi o responsável pelo genocídio de imigrantes oriundos de território que antes pertencia a outro país. Suas atrocidades levaram à rebelião da maioria indignada. Ela se transformou em uma revolução utópico-anarquista.

A mentora da revolução, Jamila Ban, escreveu um manifesto inspirado na filósofa Odo, criada por Ursula K. Le Guin para *Os Despossuídos*. As palavras-chave de seu manifesto viralizaram e foram apropriadas pelo líder político mais popular da cidade, que vivia na clandestinidade. Com elas ele incendiou a massa de descontentes e a rebelião contagiou a todos superpondo-se a seu esgotamento ambiental. Viktor Leka fechou-se em sua fortaleza e montou sua defesa. Não adiantou, a revolução a invadiu. Ele conseguiu fugir por passagem secreta. Vivia escondido em algum bunker bem protegido em outra cidade, com acesso à reserva de Alt$s que mantinha com Raskólnikov.

Os revolucionários instalaram o que chamaram de banarquismo em sua cidade. Gal simpatizou com as ideias de Jamila. O aproveitamento que ela fez do pensamento de Odo, mencionado de forma muito sintética pela autora no livro de ficção, a surpreendeu muito favoravelmente. O banarquismo era um sistema coletivo de autogoverno que superava a desordem hiperindividualista dominante em sua cidade. Sua heterônima @Tenar fazia parte de um grupo que estudava como iniciar uma revolução banarquista em sua cidade.

O tirano sanguinário queria cancelar seus registros no plano físico e no ciberespaço e mudar de identidade e @ para poder circular livremente. Provavelmente para tentar retomar o controle da cidade que tiranizou. Era o tipo de pessoa desprezível que Gal jamais ajudaria. Continuava sem saber por que ela e não o superhacker que construiu sua identidade como @RDL e defesas impenetráveis para a maioria dos hackers avançados em atividade. Para minimizar o risco, decidiu falar com Raskólnikov, ou @B3C3D3, apenas do escritório de @Amina, longe do Beco do Silício, numa ponta do Barsenal. De moto elétrica chegou rápido ao prédio, outro que sobrou das demolições. Ligou o sistema e ativou @Amina, pronta para responder a qualquer mensagem, videochamada ou entrar em um ambiente virtual imersivo.

Rãnagá

Ricabê quase esquecia a franja do universo, mas, de repente, ela ressurgiu em sua tela grudada na dobra do tempo. "Só faltava eu descobrir os Desbravadores da Dobra do Tempo". Digitou, em inglês — time warp. O vigésimo segundo link parecia o mais promissor. Era o site dos "Raiders of Time Lost", ou "Invasores do Tempo Perdido", inspirados não em Proust — duvidava que sequer soubessem quem fora — mas numa combinação entre os filmes em que os heróis eram invasores de tumbas — os tomb raiders mais famosos do cinema eram Lara Croft e Indiana Jones — e o hiato do tempo cuja manifestação mais conhecida está no paradoxo dos gêmeos. Um deles viaja à velocidade da luz pelo espaço galático. Para o gêmeo que viaja à velocidade da luz, o tempo passa mais devagar em comparação ao do irmão que permaneceu na Terra e este terá envelhecido mais rápido que o viajante. O tempo não é absoluto, ele varia com a velocidade e a gravidade. Qual deles perdeu parte de seu tempo? O site tem muitas discussões sobre a dobra do espaço-tempo e muita mistura entre física e ficção. Uma enquete sobre o paradoxo está empatada, metade achava que o irmão viajando à velocidade da luz não teve experiências diversificadas, voltando mais pobre existencialmente e o tempo de viagem foi perdido, era irrecuperável. O ficante viveu experiências mais ricas. A outra metade considerava que o viajante espacial ganhou mais tempo de vida e teve a experiência única de desbravar a galáxia. Logo o outro perdeu.

Um link remetia para um blog de viciados em “time warping”, um zine radicalizado do “The Rocky Horror Picture Show”. Dele foi remetido novamente aos “Invasores”.

“Aqui nada se mexe, nada parece mudar realmente. Mas o pensamento flui. O universo é apenas um emaranhado complexo de ondas mentais em movimento. As ondas pararam no vácuo da vida. O que é sólido dilui no ar rarefeito. Aqui espaço e tempo se confundem. Estou absolutamente só, num soluço do tempo. Estou muito próximo ao tempo perdido. (@Timeliner)”

“Não temos prova de que Timeliner esteja dizendo a verdade. Também não conhecemos o seu método de busca das falhas no tempo. Esperamos que ele nos dê mais elementos, para que os Invasores possam todos discutir e, se for o caso, organizar uma expedição para confirmar seu achado. Nossa esperança é que ele seja o pioneiro. O descobridor e desbravador do tempo perdido. (@MestreInvasor)”

“Ingênuos, a procura do tempo perdido leva uma vida inteira e, no final, ainda há tempo irremediavelmente perdido.” Rosie, a IA regenerativa de última geração treinada para ser sua assistente pessoal, cortou seu pensamento, anunciando chamada de Rãnagá. Atendeu. Seu rosto risonho apareceu na tela.

– Querido, espero não estar interrompendo nada sério.

– Bem-vinda, Rãna, que nada, totalmente desocupado.

– Estou chamando por dois motivos. Sua aula de hoje foi um sucesso. Os alunos estavam animadíssimos, falaram dela o dia todo. Eu sabia que seria assim.

– Você sabe o que eu penso disso... Vocês já podiam ter desmascarado minha fraude acadêmica.

– Bobagem, para com isso... A outra coisa é que eu tenho um queijo artesanal que ganhei de um amigo, coisa rara, se você quiser, vou para aí e podemos ficar, de boa.

– Ótima idéia. Pode vir. Estou esperando.

– Chego em duas horas. Tenho, também, um assunto para tratar com você.

– Comer e conversar fiado, prometo. Outros prazeres também. Tratar de assunto sério não.

– Tchau!

– Tá.

Rãnagá parecia uma alemã tropicalizada, de terceira geração. Tinha cabelos negros e olhos verdes. Seus ancestrais vieram do país que se chamou Alemanha, mas era pura cria da terra. Instalou-se na cidade, na beira do cataclismo e fez concurso para professora adjunta da universidade. Tornou-se uma referência em seu campo. Quando os desastres socioclimáticos levaram o país à ruína completa e a Cidade Universitária foi estabelecida como Zona de Preservação da Espécie Humana da cidade, foi das primeiras a se mudar para lá como professora titular e já escolhida para chefe do departamento de Filosofia. Gostava muito de Ricabê, sua principal aposta na área de crítica cultural, mas achava um saco seu niilismo e sua autodepreciação. Chegou trazendo uma sacola com dois queijos, cuja produção passou a ser restrita a alguns pequenos produtores artesanais com a oferta muito pequena de leite de cabra. Não havia mais bois, vacas, ou ovelhas, sobrou uma pequena população de cabras e cabritos espalhada pelas cidades. Abriram um tinto, Ricabê pegou um pão artesanal de centeio, feito por uma aluna que os vendia na universidade. Os pães que a civilização passada comeu não existiam mais. Só existem os grãos que podem ser cultivados em pequenos terroirs com estufa e são muito caros. Quando terminaram de comer, ele coou um café produzido pelos pais de um aluno em um pequeno jardim irrigado e com uma cobertura retrátil que produz o efeito de meia-sombra. Rãnagá fez cara de séria e ele reagiu "nem vem com papo sério que não estou disposto".

– Tenho duas questões inadiáveis para tratar com você. Uma, corrigiu, é um grande favor.

– Manda o favor.

– Terminei de escrever o livro *A antimetafísica do abismo*, uma reflexão sobre o impacto da hecatombe climática e da ruptura civilizatória na consciência do ser e do tempo, um ensaio neo-ontológico que parte da desagregação total da sociedade e da fuga para a ciberesfera. Tem um capítulo reinterpretando a noção analógica de estar-aí ou estar no mundo da perspectiva figital, cibercultural. Você sabe, continuo acreditando que é preciso entender para mudar.

– Que ótimo! Puxa, finalmente. Pensei que não ia terminar nunca, sempre revendo, reescrevendo.

– Só considerei terminado quando senti alguma segurança de que tinha um ensaio com alguma solidez. Queria muito que você lesse e, se gostar, que escrevesse o prefácio.

– Leio com prazer, Rãna. Meus comentários serão todos inúteis e um prefácio meu seria o caminho do fiasco de sua nova excelente obra. Você é ótima filósofa e entende disso muito mais do que eu.

– Para com isso, Ric, não enche o saco, comigo essa sua conversa não cola. Se não quiser ler, comentar e escrever o prefácio, é só dizer. Só aceito o combo.

– Não tenho saída. Sempre faço as suas vontades.

Antes que ele pudesse encerrar a conversa, ela emendou o outro assunto. Era uma proposta de novo curso para ele sobre como a filosofia da cibercultura pode ajudar a processar o colapso civilizatório a partir da ficção científica e ciberpunk. Ele devia isso aos alunos, uma leitura de seus autores preferidos, com essa pegada de crítica cultural. Ricabê ficou pensativo, antes de reagir. Era uma ótima ideia bem mais em sintonia com o que ele realmente gostava. Rãna não escondeu a ansiedade com sua resposta, afinal, garantiria a permanência dele no departamento, sempre por um fio, por rejeição dos outros professores. Os alunos o amavam. Estava no topo da carreira, mas ninguém mais tinha estabilidade. O problema era sua falta de autoestima.

– A ideia é ótima e vou escrever logo a ementa e a bibliografia.

– Você sabe que vai bombar, né? Vai encher de aluno. Os nossos colegas vão ficar putos com você, porque vai tirar alunos das outras disciplinas.

– Espero que você esteja errada.

Surpresa com a resposta e antes que ele mudasse de ideia, Rãnagá resolveu partir para outra.

– Me beija Ric, o queijo era pretexto para ficarmos juntos.

Ele a beijou, acariciou seu rosto, ela alisou seu pau por cima do jeans. Ele tirou sua roupa e ela a dele. Levantaram-se nus, se beijando e foram para a cama. Fizeram sexo até a exaustão. Depois, ficaram deitados num sem tempo silencioso e calmo. Bem depois, e após trocarem mais beijos e carícias, Rãna se levantou, foi até a sala e se vestiu. A luz piscou. Estavam no comecinho da noite, se ela saísse, seria colhida pela escuridão ainda a caminho de sua casa, ficaria pelo menos dez minutos sob perigo. Mesmo em áreas protegidas no apagão havia incursão de assaltantes. A luz piscou pela segunda vez. Tirou a roupa, voltou para a cama e aninhou-se no peito dele.

– Acho mais seguro ficar. Vamos ter mais tempo para nós.

– Pela primeira vez, gosto de um apagão.

Ela sorriu, beijando sua boca, enquanto pegava em seu pau. Foi estímulo suficiente para Ricabê retribuir e começarem tudo de novo. Quando amanheceu, estavam exaustos de uma boa noite de prazer e cumplicidade. Levantaram-se, prepararam juntos o desjejum. A eletricidade ainda não havia voltado, mas Rãna precisava ir e a breve caminhada pelas rotas da Cidade Universitária, à luz do sol não representava risco algum. Beijaram-se, ela se despediu e saiu apressada, para não cair em tentação, comentou irônica já na porta.

Resolveu ler e ouvir música, pediu a Rosie sua lista preferida para leitura e a melodia que muitos estranhavam tomou conta de sua mente, isolado em si mesmo pelo fone. Eram peças de Reich, Glass, Einaudi, Adès, Tan Dun Clement e Alice Moore. Terminou de reler *Rainbow's End*, de Vernor Vinge, uma paranóia ciberpunk transformada em excelente aventura. Um clássico da primeira década do século 21. O contexto é o impacto social da tecnologia.

Tentou escrever o artigo que havia prometido. "Tudo é relativo, menos a singularidade. A simultaneidade é relativa. O que é simultâneo para uma pessoa, pode não ser para outra. Espaço e tempo dissipar-se-ão nas sombras cósmicas. O espaço-tempo se conectará ao ciberespaço criando um fluxo contínuo entre a realidade física e a virtual. Um fluxo que percorre o tempo e os espaços. A nova dimensão da metafísica, a nova ontologia, é ciberespacial. A inteligência coletiva virtualizada ultrapassa a capacidade humana. Os limites do conhecimento se expandem e o desconhecido se torna ainda mais vasto. Estamos criando um buraco-negro ciberal, ele concentrará toda nossa energia e constituirá nossa antimatéria, nossa outra dimensão até aqui totalmente inexplorada. A negação da negação. O paradoxo está no processo de falência da biosfera e os cenários cada vez mais desoladores para o ser humano puro. O risco é que só máquinas possam sobreviver e não há garantia de que sejam espirituais. A nova síntese ainda não está formada e, até que ela emerja, voaremos no vácuo sem referências para a navegação." Foi tudo o que conseguiu escrever. Não sabia o que fazer com o excerto. Acabou adormecendo no sofá da sala. Foi despertado por Rosie anunciando uma "chamada de @Gtekla". Ficou curioso. Não tinha nenhuma @Gtekla em seus contatos. Aceitou porque não sabia quem era.

@Gtekla

A imagem que apareceu, todavia, era bem conhecida e volta e meia reaparecia em seus pensamentos, a bonita aluna que gostava de perguntar.

– Olá, é Gal. Sua aluna. Queria vê-lo e consultá-lo sobre algo fora da pauta da aula. Posso encontrá-lo em seu escritório, ou nalgum outro lugar?

– Gal, sei quem é você, estou muito ocupado, vamos deixar para outro dia.

– Duvido que saiba mesmo, mas... deixa pra lá. O que preciso falar é importante...

Ricabê ia perguntar o que ela queria dizer com duvidar que ele soubesse quem é, mas preferiu se calar.

– Bom... Meu escritório é em casa. Podemos nos encontrar no Cybernote, depois do almoço, o que você acha? Fica dentro da Cidade Universitária, é seguro.

– Nessa hora tenho aula. Posso à noite. Se você não se importar de sair no apagão. Podemos sair no apaga e encontrar onde conversar.

– Sair no apaga? Estou perdido nessa... é algum nicho na Cidade Universitária que não conheço?

– Não, um bar no Espaço Boêmia, no Centro. Falo do mundo físico, real: saídas noturnas no apagão, ou apaga, na linguagem das ruas.

– Imagina uma loucura dessas... Então venha à minha casa, no começo da tarde para sair antes do apagão. Como você sabe quando haverá outro, assim, logo depois que o último mal terminou?

– O último foi interrompido por um ciberataque dos banarquistas. Uma espécie de advertência aos controladores da luz. Era para durar pelo menos 250 horas. Chego logo.

– Controladores da luz chega a ser poético, dá um bom título de livro.

– Será? Até.

Desligou, antes que ele pudesse perguntar como ela sabia tanto de apagões e ciberataques.

"O que será que essa garota quer? Ela diz coisas que não consigo decifrar. Estará me zoando?" Mudou de tela para o texto que escrevia. Mas já havia perdido há muito o fio da meada. Olhou em volta para ver se estava preparado para a receber, procurando detalhes inconvenientes que deveria remover. Nada que o incomodasse. Jogou a garrafa de vinho vazia no recipiente para vidros. Deixou sobre a mesa copos e uma moringa com água fresca.

Gal sabia exatamente o que desejava com Ricabê. A solidão a aborrecia. "Quero alguém maduro e perdido, deslocado em seu próprio tempo. Ele não faz a menor ideia sobre a vida pós-colapso, do que se passa fora de sua bolha. Suas aulas são interessantes e análise excelentes criativas, mas abstratas, ele não conhece a vida concreta da cidade. Seus ensaios ficariam mais robustos com o conhecimento do que se passa no chão da terra, nu e cru, embora ele intua muita coisa com acerto." Mentiu ao dizer que não sabia o que era a franja do universo, quando ele lhe perguntou na saída da aula. Claro que sabia, ela vivia nela, era uma de suas exploradoras. Mas se o conhecimento sobre isso se espalhasse e chegasse aos super-ricos, as consequências seriam imprevisíveis. Por isso era um segredo bem guardado dos

Legionários. Criaram um disfarce para conversar sobre o fenômeno à vista de todos, uma espécie de Wikificção. Ela continha as mensagens cifradas como se fossem contribuições à narrativa coletiva. Ninguém sabia até onde a franja alcançava.

Estava decidida a mostrar o lado mais real da vida a Ricabê, na noite escura era o único momento em que se encarava toda a verdade, embora ela parecesse alucinação aterradora. Sim, nem toda noite foi escura no passado. A noite apagada só tinha a luz da lua e das estrelas quando as densas nuvens deixavam.

Antes, precisava terminar a tarefa para a qual foi contratada. Não sabia quem era o cliente, nem onde ele estava, menos ainda o que pretendia fazer com a informação que lhe enviaria. O segredo do seu negócio era saber o mínimo necessário e não fazer perguntas. O que importava é que podia fazer o que ele pedia, não feria sua ética hacktivista e os Alt$ 300 mil em sua conta eram bem-vindos.

Gal vivia na margem onde a diferença entre vida e morte era tão mínima que não importava mais de que lado estar. Não-morrer era o único modo de viver. Parece um oxímoro. Não é. Na borda, não há viver, nem escolha, só não-morrer e morrer. Trabalhava em uma área radical em si mesma, na zona de conflito da cidade, onde imperavam as facções violentas e não havia medida para a crueldade humana, nela havia nichos protegidos, como o Beco do Silício, onde ficava sua base. Um prédio que parecia alquebrado para ser seu bunker de trabalho. Tinha janelas quebradas, paredes rachadas. Mas o último andar havia sido reformado por um super-rico e transformado em uma fortaleza para ser usada como escritório e residência, até o seu condomínio-bunker ficar pronto. Ao se mudar, deixou tudo como estava e abandonou o prédio. Gal se apropriou do andar. Como ele estava dividido entre escritório e residência, derrubou paredes e fez dele um enorme e ultra confortável loft. Na reforma para adequá-lo às suas necessidades, manteve o exterior decadente. Era a nova arquitetura, exterior detonado para interiores preparados de acordo com a necessidade e as posses de cada um. Fechou as janelas com madeira por fora e aço balístico por dentro. Fez o mesmo com as portas, madeira externa, blindagem interna. Os elevadores não funcionavam e ela isolou o hall com uma parede com o mesmo material. O aço era retirado de equipamentos militares abandonados e remodelado nas oficinas instaladas na Vila Utilitária.

Não havia entrada, por precaução, uma porta blindada protegia sua fortaleza de visitas indesejadas. Um sistema de fechaduras de segurança, com senhas que variavam a cada hora e lacravam todas as portas. Nenhum cuidado é pouco naquele lado da cidade. Ela entrava por uma passagem secreta subterrânea e usava a cadeirinha de rapel para subir usando os pés nas cordas como tração. Descia direto por um corrimão vertical que ia até o chão. A entrada ficava em uma estação de metrô abandonada no final da Alameda do Delírio. Um dos túneis havia desmoronado, nas duas pontas. Gal foi informada de uma passagem de serviço que levava à única parte intacta bem no meio do túnel. Uma engenheira, mestre em entradas camufladas, escondeu a porta que só se revelaria com o código gerado no celular de Gal. Atravessando os trilhos, entrada semelhante permitiu à engenheira abrir um túnel até o tubo de respiração que começava no subsolo do prédio de Gal.

A maior parte do loft foi ocupada por uma rede sofisticada de servidores, uma das paredes era totalmente coberta por um enorme monitor, com várias janelas abertas simultaneamente. Operava o monitor por uma mesa comandada pelo toque e também por um teclado virtual. Também podia usar sofisticados joysticks, exigidos por certas tarefas. Era com eles que controlava os drones quando exigiam operação manual. Tudo era alimentado por biogeradores, placas fotovoltaicas e miniusinas eólicas localizados na laje do edifício. As intermitências eram garantidas por baterias de última geração e alta duração. Planejou o sistema para ficar operacional em qualquer cenário. Para alimentar os biogeradores, Gal comprava os rejeitos dos que não tinham outra forma de renda. Até a merda virou commodity. Vários monitores laterais mostravam imagens da rua, da laje do prédio, da entrada, das escadas, do seu andar e dos demais. Instalou câmeras infravermelhas em lugares onde não eram facilmente detectáveis. Tinha total controle do território e seu entorno. Drones vigiavam o perímetro externo que abarcava todo o quarteirão e mais três ruas a norte, sul, leste e oeste. Eram operados por uma IA dedicada à navegação de vigilância. Se necessário, ela podia acionar um pelotão de drones armados operado por um agente IA de combate para defender seu território. O restante transformou em confortável sala de estar, onde podia ler, descansar, meditar. Perto da sala de estar reservou um nicho, separado por um biombo, no qual pôs um tatame para poder dormir, havia um banheiro fechado por paredes e porta. Preferiu montar sua residência em outro endereço.

A campainha da porta de Ricabê tocou um segundo antes do novo apagão. Abriu a porta e ela estava apenas meio visível na penumbra da única luz de emergência que ficava na dobra do corredor. Estava vestida em um jeans escuro, camiseta preta e um casaco de aviador azul-marinho, quase preto, absolutamente vintage. Peças de brechó.

– Oi.

– Oi, eu disse para vir à tarde, você não tem medo do apagão não?

– Não, você nunca sai no apaga, não é?

– Claro que não. Certamente nunca à noite. E logo vai escurecer.

– Pois devia, entenderia melhor a sociedade em que vivemos. No apaga, à noite, tudo é instinto, nada pode ser planejado. No breu, cada passo é um ato primitivo de sobrevivência, é brutal, é fundamental.

Sobre isso queria falar com você. É o lado mais real do real. Ele está sempre ausente de suas análises e aulas. Você fala de cultura e violência urbana abstratamente. Essa violência de que você fala é coisa do passado. Não existe mais. A cultura que temos, a cultura do apaga, você tenta intuir, mas desconhece.

– Tudo isso é mesmo novidade para mim. Acabou a violência? E os tiros que se ouve? Que cultura do apaga é essa?

– A violência de que você fala, sim, desapareceu. Há outra, muito mais primal.

Entrou. A sala estava iluminada por quatro lampiões a bateria, com lâmpadas LED.

– Você quer dizer que muita gente sai à noite, no apagão?

– Claro. Para viver. É adrenalina pura. É vida... O concreto aqui e agora, o real contra o virtual. Agora entendo a ausência desse lado da realidade em suas aulas e seus textos. Não-morrer é a nova forma de existir e persistir, viver.

– Mas o que vocês fazem lá fora?

– É como zapear sem rumo pela web, sabe "jump browsing"?

Fez que sim com a cabeça. Era sua forma de sobreviver a seu tédio existencial.

– Então, é navegação por instinto, você tem que antecipar em que lugares você pode encontrar os...

– Senta, desculpe, acabei ficando tão perplexo com o que você está me dizendo que a deixei em pé... encontrar os...?

Gal se sentou na poltrona, que lhe pareceu mais confortável. Ele se sentou à sua frente.

– Bom, você sabe, quem sai no apaga noturno por esporte é raver, alguns dizem raveiro, acho horrível. Quem está nele para saquear e matar, é glocker, alguns dizem pistoleiro. Os ravers aguçam o instinto e conseguem antecipar onde estão os glockers e evitá-los por um triz...

enfim, é o novo esporte radical. Anda-se até se encontrar um ponto onde acontece uma rave, lá se bebe, se canta, se dança. O ponto é sempre móvel, nunca se repete. São vários pela cidade. Rave virou um termo genérico para as festas no meio do apaga. Vão desde as raves clássicas com música eletrônica, passando por festas onde se toca R&B, rock, hip hop, muito rap, até bailes funk, encontros de slam e samba. Tudo dura enquanto houver noite. O tempo não nos pertence, só temos nossas vidas. Tudo termina ao raiar do sol. Vivemos como vampiros. Noturnamente.

Ofereceu-lhe bebida. Recusou.

– Os apagões diurnos são desinteressantes. Só interessam os permanentes apagas noturnos, no Centro. Nos diurnos, sempre pode haver assaltantes de tocaia, mas isso acontece com ou sem eletricidade nas áreas não protegidas. É a noite sem iluminação alguma que conta. O trânsito é uma roleta da morte sem os semáforos. No apagão noturno, a vida luta para ganhar o território das sombras e as pessoas formam comunidades que constroem referências concretas, seja como glockers, seja como ravers. É a cultura do apaga.

– Quem organiza essas raves? Como você sabe do planejamento dos apagões? Como a Alternet funciona?

– Ora, Ricabê as corporações dos super-ricos são o que resta de poder, controlam tudo, fazem tudo acontecer. Menos a AltWeb, sabe-se que é gerida por uma exclusiva irmandade nerd, mas eles são invisíveis. Ninguém nunca os viu, nem sabe onde estão os servidores. O apaga-pega é o nosso circo que as corporações tornam possível. Precisam nos distrair enquanto constroem as redomas que imaginam permitirá que eles sobrevivam. Nós somos sacrificáveis, ficaremos fora das redomas. Os vinhos, queijos e outros luxos gastronômicos que aparecem na Praça do Mercado e tudo o que encontramos na Alameda do Delírio são o nosso pão. *Panis et circensis*. Mas eles estão enganados, não haverá redomas se elas forem excludentes. Eles descobrirão o poder de nós, os outros. As raves são organizadas pelas irmandades do apaga. Os glockers têm as deles e os ravers temos as nossas.

Ricabê ia do choque ao assombro com a descoberta dessa nova face da cidade, fora da segurança da Cidade Universitária. Gal ia lhe falando dela e era como se contasse de uma terra incógnita. O tempo se tornou variável e as rotinas não acabaram, elas se adaptaram. Há rotinas para apagões longos e para os curtos. O cotidiano se desenrolava nos momentos de luz, em áreas protegidas. Demoravam até a madrugada em todo o perímetro do Centro, nas zonas protegidas ou não. As panes elétricas tiveram uma inesperada consequência: quase toda a violência migrou para os horários noturnos. Os apagões são como lapsos de memória, que vão anuviando a vida humana e desmanchando os últimos resquícios da civilização, se é que civilização houve. O espaço vital vai se consumindo nas sombras que avançam, reduzindo dramaticamente o território onde é possível viver em segurança. O plano cultural é tragado pelo cibercultural, perdendo a capacidade de gerar referências baseadas em interações reais.

Ricabê ficava sabendo de uma outra dimensão da vida e da cultura, radicalmente física. Havia lido vagamente sobre festas noturnas, mas não se dera conta de que se tratava de uma forma de vida, uma cultura e um esporte da geração do pós-colapso. Eles lutam para sobreviver e vão criando referências culturais novas, nascidas da interação figital, febril, perigosa, violenta e enlouquecida da escuridão.

Ela se foi no meio do apaga. Ele a deixou sair, apreensivo, mas ela lhe assegurou que sabia se virar naquela situação. Sem conseguir dormir, resolveu terminar de ler o manuscrito de Rãna. Ele tinha tanto a ver com sua conversa com Gal que, fascinado, atravessou a noite lendo. No começo da manhã, havia terminado e resolveu escrever o prefácio a quente, ainda sob o efeito da leitura. "A metáfora do abismo é perfeita para os tempos atuais. Abismos começam na luz e terminam na escuridão, como os dias, como nossas vidas hoje, marcadas pelo apagão." Começou o prefácio unindo o pensamento de Rãna e a conversa com Gal, as duas mulheres marcantes de sua vida.

Apaga-pega

Gal estava na sua porta, mas desta vez ele a esperava. Haviam marcado novo encontro ao final de sua última aula. Ela chegou na ponta de um apagão, como havia lhe avisado.

– Como você ficou sabendo que haveria um apagão? Esse aconteceu tão repentinamente que nem teve aviso prévio.

– As redes de ravers têm conexões. Avisam quando uma parte do sistema está prestes a ser desligada. Nunca é totalmente preciso, mas ajuda na preparação para a corrida. Eu também sei buscar informações deste tipo.

Mentiu deliberadamente, ou melhor, serviu-lhe meias verdades. "Gal é inteligente e louca. Só os insanos podem se aventurar nas noites violentas dos apagões, onde a probabilidade de morrer é muito alta. A nova forma de loucura dessa geração, o novo esporte radical, era namorar a morte e ficar inebriada com a sensação de voltar à vida, após cada encontro, ao chegar no abrigo da rave. Que outras surpresas ela teria? Moça de muitos mistérios e como é bonita."

– Não quer um vinho? Está cada vez mais difícil de conseguir. Agora basicamente o que temos é gin, uísque e cerveja artesanais, em edições limitadas por causa da escassez hídrica e de grãos.

– Um branco, talvez.

– Na verdade, hoje nem se pode escolher entre brancos e tintos, bebe-se o que se consegue, o que sobrou, não há mais videiras. A produção acabou. No departamento de Bioquímica estão estudando clonagem de grandes vinhos, para que possam retornar ao mercado. Espero que consigam.

– Não se incomode, estou bem.

– Mas eu tenho brancos.

Levantou-se, buscou uma garrafa do branco. Os vinhos, cada vez mais raros, vinham de um fornecedor de Rãnagá, que os arrematava em leilões online dos que restaram em adegas de pessoas ricas que não sobreviveram aos desastres, ou que tinham as adegas como o derradeiro patrimônio do qual viviam. Abriu a garrafa, serviu dois copos.

– Se não gostar, não bebemos.

Ela provou. Mantinha um sorriso irônico quase permanente.

– Fresco, mineralizado... não é de se desperdiçar. Por que você não experimenta sair à noite comigo, para ver com seus próprios olhos como é o lado mais real da vida?

– Foi para isso que você veio aqui?

– Na maior parte sim. Acho que falta esse elemento na sua visão da cultura contemporânea. Percebi que você não fazia ideia concreta do que se passa nos apagas. É onde nossa cidade mostra sua cara, palpita, reage, se revela. Vim também para estar com você.

Ricabê fingiu não entender. Conversaram longamente, até terminar a garrafa de vinho. Mas, ele, às vezes, a olhava mais intensamente do que desejaria. Ela sustentava o olhar com um sorriso de Mona Lisa acelerada.

– Como é?

– Como é o quê? Sair no apaga?

– Sim.

– Entrar numa selva onde se luta, de verdade, pela sobrevivência. É uma viagem bruta, sangrenta. Adrenalina pura. Uma busca interminável.

– Sério? Como é?

– É isso. Um território de violência e busca. Uma alucinação em tempo real e que pode ser fatal. Há quem saia para correr risco e se arrebentar numa rave. Há quem saia por ódio, para caçar. Há quem saia para morrer. Há quem saia para entender melhor a vida, o não-morrer.

– E você?

– Um pouco de tudo. Essa é a existência que temos. Não saio por ódio, nem quero morrer, apenas sei que posso morrer e isto me motiva a viver.

Olhou-o entre indagando e sabendo.

– Tudo bem. Vamos experimentar como é sair no apagão.

– Tem certeza? Esta é uma decisão sem volta.

– Tenho, vamos.

Deixaram o apartamento. Ricabê trancou a porta. Gal sorriu enigmática, invisível na sombra, fora do alcance da luz de emergência. Desceram as escadas. Ela tinha uma moto elétrica em frente ao prédio. Foram até um ponto que ele não conseguiu localizar. Gal negociou, com destreza, o caminho até lá. Ele suava de tensão. Cada cruzamento era uma loucura, uma roleta russa. Carros e motos cruzavam em alta velocidade, quase chocando uns com os outros. Em dois cruzamentos houve batidas violentas, explosões, carros em chamas. Gal nem olhava. Ele, chocado, apenas agarrava-se mais fortemente ao banco da moto. Várias vezes ela subiu a calçada, onde pessoas se esgueiravam encostadas às paredes. Finalmente, aquele trajeto enlouquecido terminou. Ela parou em uma rua transversal à que seguiam, após a qual barricadas impediam o tráfego. Começaram a caminhar rapidamente para o interior da Zona Central, totalmente às escuras. Ricabê ouvia tiros cada vez mais próximos. Desceram por uma rua paralela e foram se embrenhando por uma cidade para ele desconhecida, feita de sombras e escuridão. Ele perdeu o rumo, mergulhado em terra incógnita, terreno viscoso de tensão e medo que jamais visitara. Gal o guiava segura do trajeto que faziam com a mão esquerda fortemente apertada a seu pulso direito. Ele tentava enxergar seu rosto e mal via seu vulto. Parecia cheia de determinação e atenta ao máximo. Ele a tudo temia, tropeçar, cair em bueiros abertos, chocar-se com pessoas que não via. Sem conseguir saber onde estavam, por onde trotavam, deixava-se guiar, despreparado para a perda repentina da visão. O tiroteio ininterrupto, o zumbido de balas que passavam próximo demais deles. Tudo o aterrorizava. Delirava. Ela tinha direção e conhecia perfeitamente por onde andavam.

Foi quando um vulto que lhe pareceu enorme saltou à frente dos dois. E gritou:

– Perderam ravers! Vão para o inferno!

Dava para ver o branco dos dentes em um sorriso que, com certeza, seria diabólico. Suas intenções eram evidentes. Estava ali para matar. Percebeu o brilho da pistola que trazia na mão e ela lhe pareceu enorme. "Morremos".

Gal surpreendeu o homem com um chute que o fez curvar-se de dor.

– Glock! Foda-se, seu puto!

Ouviu dois estalidos, duas línguas de fogo saíram das mãos de Gal. Tudo ficou mais denso e assustador. O vulto caiu vagarosamente, como em câmera lenta.

– Você... você atirou nele!

Tudo se passou para ele em câmera lenta. Mas foram ações vertiginosas que nem se podia cronometrar. Átimos de segundos.

Ficou com o grito de terror travado na garganta seca. A cabeça volteando num turbilhão desconexo de pensamentos aos frangalhos.

– Era ele ou nós. Corre, não queremos outro encontro desses. Me distraí e parei de ler as sombras. Deu no que deu. Até agora tínhamos evitado vários desses encontros. Esse aí quase me pegou de surpresa.

Segurou-o firme pelo pulso, uma pegada da qual não podia escapulir, e puxou-o em alta velocidade. Acompanhava a corrida trôpego, bêbado de aflição, choque, terror e excitação. Adrenalina. Delírio. Pesadelo.

– Não vi nada disso. Como evitamos outros encontros desses? Você matou um cara! Vamos voltar, ver se ainda está vivo, chamar socorro médico.

– Não estou entendendo esses seus roncos... Bom, chegamos.

Ricabê viu a luz e ouviu indistintamente a música que vinha do prédio em frente ao qual haviam parado no repente, como numa freada brusca de um carro em alta velocidade. Ela o puxou pelas escadas, a música eletrônica ficava mais alta, havia vários vultos dispostos na entrada do prédio e na escada, ele podia divisar a silhueta de armas pesadas.

– São seguranças.

Chegaram a um salão, iluminado por leds, fachos de laser se moviam e acompanhavam a música cortando o ar. Pareciam-lhe lâminas multicores prestes a retalhar seu corpo todo. Era bem amplo, a música eletrônica muito alta. Muitas pessoas dançavam, outras conversavam, outras bebiam. Tudo superlativo. Viu a porta do banheiro masculino, soltou-se com um puxão e correu para lá. Vomitou e vomitou e vomitou. Um rapaz olhou para ele rindo.

– Tá mal hein compadre? Vai devagar, que esse apaga ainda está longe de terminar.

E vomitou mais e mais. Duas mãos fortes o pegaram pelo ombro e o fizeram endireitar-se. Era Gal. Entregou-lhe uma drágea e um copo.

– Beba. Você vai se sentir melhor.

Bebeu automaticamente. Ela mandou que lavasse o rosto. Lavou. Deu-lhe toalhas de papel para enxugar-se. Enxugou-se. A náusea foi melhorando. O pesadelo parecia ir retrocedendo, empurrado por uma sensação estranha e calorosa de conforto. Gal guiou-o para fora do banheiro, quando se assegurou de que não voltaria a vomitar. Deu-lhe uma bebida.

– Você precisa de algo mais forte. Tome esse gin. Vai ajudar...

Bebeu, sem registrar o ato ou o sabor. Bebeu quantas vezes ela lhe deu para beber. Dançaram e ele não viu. Beijaram-se e ele não viu. Nunca mais ele viu qualquer coisa.

Estar no mundo

Estremeceu ao acordar com o sol improvável entrando pela janela, sentindo um travo amargo de descomeço. Até acordar em casa, em sua cama, certo de que tudo não passou de uma viagem má. Tinha fome e muita sede. Ela o esperava na sala com um suco, uma reforçada omelete de ovos clonados e um café bem melhor que o dele. Os olhos foram ficando em foco, a cabeça desanuviou lentamente. O impensável havia de fato acontecido. Atormentado, bebeu e comeu em silêncio. Tomou vários copos de água. Olhou para ela longamente. A garota manteve o olhar.

– Não é melhor você ir, antes de anoitecer? Já não tivemos sustos demais?

– Hoje é sexta. A semana acabou. Não tenho aula, nem trabalho urgente. Nenhuma razão para deixar você.

Pressentiu a resposta carregada de significados. Sabia que já havia quebrado sua regra de ouro: não ter casos com alunas. Mas Gal, mais que aluna, era uma cúmplice ativa, parceira dominante de sua nova e obscura vida assassina. Seria um final de semana diferente, muito sexo e um enorme esforço para processar o que se passava com ele. Não estava acostumado a ter companhia. Exceto, Rãna, mas ela raramente ficava tanto tempo.

Precisava avisar que não iria à universidade por alguns dias. Pediu a Rosie para chamar Rãnagá. O rosto dela apareceu imediatamente no monitor.

– Querido! Nossa... você está com uma cara horrível! O que houve?

– Estou péssimo Rãna. Vou precisar ficar em casa por uns dias.

– Sem problema, seu curso já terminou. Quer que eu vá aí? Foi ao serviço médico?

– Não precisa, obrigado, está tudo sob controle. Só vou ter que descansar uns dias.

– Tem certeza de que não precisa de nada?

– Absoluta. Logo estarei recuperado. Dou notícias.

– Dê mesmo. Se não, invado sua casa.

Desligou, sem mais. O que dizer? Talvez jamais se recupere do estado de estupor em que se encontrava. Confessaria à amiga e chefe que era cúmplice de um assassinato? De que provavelmente havia passado todo o período do último apagão drogado, dançando e beijando uma aluna assassina? Que estava enojado de si mesmo, do que fizera ou deixara fazer. E que... ao mesmo tempo... havia algo novo dentro de si. Algo desconhecido que temia. Algo que não doía, nem lhe causava mal-estar. Algo...

Ainda não estava de todo acordado na manhã da segunda-feira, quando a ouviu dizer que precisava ir. Acompanhou sua saída com um olhar impreciso. Nada disse. Não se moveu. Mais de uma hora depois, foi até a sala. Havia café na cafeteira. Tomou duas xícaras. Sentou-se em sua poltrona preferida, a mesma que ela havia ocupado na sua primeira visita, sem saber o que fazer. Continuava desolado. Ficou ali sem noção do quanto demorou a reagir. Foi para o banheiro, abriu o chuveiro, deixou a água correr fria, até ela rarear. Era como se quisesse que a água lavasse seu desespero, sua culpa, entrasse por seu corpo e esterilizasse sua alma, afogasse aquilo que nascia nela, que não conseguia reconhecer, mas sentia crescer a cada minuto.

Voltou para a sala, com uma cerveja na mão. "Enlouqueci?" Passava por uma metamorfose assustadora e não sabia como resistir a ela. Sairia daquele casulo de desespero um ser repulsivo, como Gregor Samsa, ou um sujeito para sempre atormentado, um ser líquido, como Ulrich? A cabeça dava mil voltas sem rumo em torno da mesma perplexidade. No fundo, Gal tinha razão, para ter uma visão do mundo, era preciso estar nele. O que fazer? Ele tinha consciência de que viviam num vácuo de valores. As imagens daquela noite de horrores voltavam-lhe à memória oblíquas, imprecisas.

Os sentimentos misturavam-se em amálgama irreconhecível. Tudo lhe parecia irreal, onírico, um tanto de pesadelo, outro tanto de fantasia alucinada. Sentia-se numa outra dimensão, na qual nada fazia muito sentido. Nada precisava fazer sentido. Onde tudo era possível, inclusive peças desconexas do seu quebra-cabeças existencial se encaixarem. Às vezes ainda era assaltado por uma onda de náusea e vertigem, logo sugada à força por algo que se instalara em seu íntimo, que se alimentava de suas reações obscuras e truncava seus sentimentos, impedindo que experimentasse as sensações que deveras deveria estar sentindo.

A tarde chegou e ele continuava na poltrona, em sua peregrinação pelo território da estranheza, no qual o mais estranho, o principal desconhecido era ele mesmo. Algo estrangeiro ia bombardeando seus pensamentos como em um jogo virtual no qual um canhão de laser ia destruindo as carinhas risonhas, enquanto poupava os monstros. Não conseguia eliminar a noção transversa de que atravessara uma fronteira proibida, da qual não havia volta. Nessa transversal, algo o transformava de dentro para fora.

Afinal, com muito esforço para se concentrar, conseguiu terminar de rever o prefácio para o livro de Rãna e enviar. Sentia falta de Gal, mas tentava esconder o sentimento de si mesmo. Ela não apareceu naquela noite, nem no dia seguinte. Estava atordoado demais e a ausência dela deixava um vazio que não sabia preencher. Não olhou mensagens, nem atendeu as chamadas de Rãna.

Bateram à porta. Levantou-se sobressaltado da poltrona e olhou a tela que mostrava o corredor. Era Gal. Abriu para que entrasse. Ela trazia um volume na mão que colocou em cima da mesa.

– Hoje teremos um novo apaga. Para as Zonas protegidas da periferia do Centro vai começar perto das nove da noite. No Centro, já inicia ao pôr do sol. Vamos sair de novo, para você se acostumar com a realidade da nossa vida pós-normal.

– Claro que não vou sair nunca mais no apagão. Nem você devia.

– Você precisa sair. Você sabe que vai, vamos sair. Eu lhe trouxe um presente, para suas experiências no apaga.

Pegou o volume que havia trazido, algo embrulhado em plástico bolha. Desenrolou o plástico e estendeu para Ricabê. Ele olhou com horror para a arma que ela lhe estendia.

– Não quero isso! Está louca?

Fez como se não ouvisse. Estendeu a arma novamente.

– Já disse que não quero!

– Claro que sim. Não quer sair no apaga indefeso. Eu posso não ser capaz de dar conta de um ataque sozinha, como da primeira vez. Se quer sair, é porque está disposto a todas as consequências. Logo, quer a arma.

Ela falava com calma e firmeza.

– Isso não tem lógica alguma.

Mas Gal mantinha a mão estendida para que pegasse a pistola. Relutante, pegou, com cuidado, a automática, sentiu-a como um brinquedo, muito mais leve do que esperava. Colocou-a na cintura, na parte traseira da calça.

– Você já atirou alguma vez?

– Sim, pratiquei em estande de tiro com uma Beretta .380.

– Essa é uma Smith & Wesson M&P Shield. Uma das melhores automáticas 9mm do mercado. É segura, rápida, precisa, tem ótima pegada.

– Onde você conseguiu uma arma assim? Como entende tanto de armas? Quem é você?

– Ora, Ricabê, termine com a ingenuidade. No Barsenal há de tudo em matéria de armas. Os dois lados precisam delas, os ravers e os glockers. Quem é raver, como eu, nós, precisa saber de armas e compramos de especialistas que mostram todas as qualidades da arma. Eu já usei uma dessas S&W, mas me dou melhor com a Springfield Armory Hellcat. É bem compacta, tem uma boa pegada. É uma 9mm também. Tem alta capacidade para uma subcompacta e é muito precisa.

"Às vezes acho que ela é, mesmo, a garota do inferno. Mas, em outros pensamentos, ela me chega como o anjo da noite."

– É totalmente absurdo ter armas, quanto mais sair por aí com uma na cintura.

– Cai na real, Ricabê, as leis se foram. Quando você põe o pé na rua, no apaga da noite, você entra em um território cuja única lei é a da sobrevivência. É um terreno igualitário onde todos estão na mesma condição. Cada um por si. Você sabe, estado da natureza, guerra de todos contra todos. Nós fazemos as regras e a regra fundamental é não ter regra alguma que nos limite. Bom, vamos ou não vamos?

Aquele ser invasor a crescer dentro dele, respondeu.

– Vamos.

Foi mais uma viagem alucinada na frágil moto, com Gal no comando. Voavam entre carros e escapavam sempre por um triz. Muitos tentavam abalroar a moto propositalmente. Depois começaram a correr pelas ruas apagadas de um bairro de sombras, daquela cidade desconhecida às escuras. Passaram por ruas cheias de vultos que ele não via, ao som tenebroso dos tiros.

Os dois apareceram do nada. Gal sacou sua Springfield. Um deles golpeou sua mão e foi como golpear uma barra de ferro. A dor o enfureceu ainda mais. O golpe a pegou de surpresa e desviou momentaneamente a sua mira. Os dois estavam bloqueados pela frente. Se tentassem recuar, encontrariam mais atacantes por trás. Ricabê estava em transe. Sabia que morreriam. Um deles levantou a escopeta. O outro moveu-se para agarrar Gal. Por puro instinto, sem lembrança e sem pensar, puxou a pistola que enfiara na cintura em suas costas. Levantou o braço apertando várias vezes o gatilho, enquanto movia a mão em semicírculo. Pegou os dois de surpresa. Mas a maior surpresa foi a sua, com seu ato e o resultado dele. Viu os dois caírem, sem acreditar. Gal atirou em dois outros que surgiram do seu lado direito. Estado de choque. Ela nem pestanejou, com a arma na mão, agarrou o pulso dele com a mão livre e o puxou numa corrida desabalada. Ele manteve a arma apertada na mão e seguiu como um autômato. Sem pensar. A cabeça rodava, o estômago embrulhava e a alma doía. Gal atirou em duas ocasiões em alvos que ele não viu. Ao virarem uma esquina, pensou ver uma sombra se mover e atirou na sua direção. Nunca soube se acertou alguém, porque continuaram a correr, sem paradas.

Quando chegaram à rave, ela lhe disse para guardar a arma de volta na cintura, por baixo da camisa. Ricabê estava desconjuntado novamente, estilhaçado por dentro. Pensava pensares incoerentes. Mas aquele grileiro que já havia se apropriado de parte do seu ser, engolia as náuseas e suturava os estilhaços, transformando-o em um estranho para si. Não se reconhecia, mas percebia que estava estranhamente funcional. Gal lhe entregou uma drágea e mandou que tomasse, passando-lhe um copo com alguma bebida forte. Ele tomou. Ela o chamou para dançar. Dançaram. Um conforto caloroso afastou todos os seus temores e pesadelos. Beberam, dançaram, se beijaram. Ele nada viu. Ou tudo viu em um sonho distante do qual não fazia parte. Foi o Outro que habitava nele quem viu.

Acordou, novamente, em sua cama. Foi até a sala. Gal não estava lá. Tomou café, voltou ao quarto, foi ao banheiro, vestiu-se. Sentou-se em sua poltrona e teve uma certa ideia do que se passava com ele. As fronteiras todas ficaram difusas e ele descobria em si algumas novas aptidões. Sua vida se alterava completamente e a sensação era a de viver um prolongado sonho, ora pesadelo, ora arrebatamento, ora delírio. Nada mais era real, nem o antes, nem o agora, nem o depois. Nem o que foi, nem o que é, nem o que será faziam mais sentido.

Ela entrou.

– Por que você sempre dá um jeito de sumir, para depois aparecer?

– Não posso abandonar meu trabalho e ele às vezes exige minha dedicação total. Você precisa é trabalhar no seu novo curso, reler os livros que usará, isto o manterá ocupado nas minhas ausências. Não vou deixá-lo. Pelo menos não agora.

Beijou sua boca e acariciou seu rosto. Puxou-o para o quarto e mais sexo. Algumas horas depois, deixou a cama e se vestiu.

– De saída e vou ficar alguns dias afastada. Tenho um job bem complicado para executar. Aproveita para reler os livros e escrever a ementa. Estou doida para ler.

Quando ela saiu, sentiu a volta do vazio que o prostrava, mas sabia que ela tinha razão, devia se recompor e preparar o próximo curso. Precisava do emprego.

Acácia

Eles estavam novamente no apaga-pega, Ricabê tinha perdido a conta de quantas vezes Gal o buscara para irem a uma rave no apagão, quantas pessoas mataram, quantas vezes quase foram mortos por glockers invisíveis saídos das sombras, do inescapável breu. Passou a curtir as raves de boa, sem os vômitos das primeiras vezes. Já não o dominava o choque com a desumanização que aquelas incursões pelo apagão escancaravam. Já haviam se esquivado de vários glockers. Em um ponto daquela macabra travessia, Gal atirou em um vulto que surgiu bem à sua frente. De repente, foram assaltados por quatro. Ela se jogou no chão e ele fez o mesmo. Gal atirou nos dois que estavam mais perto dela e Ricabê teve que se encarregar dos outros dois. Atingiu um deles na cabeça, antes mesmo de tocar o solo. Atirou no outro de cima para baixo, ouviu seu gemido e se levantou para tentar ver seu vulto e acabar com ele. Trocaram tiros e o glocker finalmente caiu. Ricabê sentiu algo queimar violentamente seu braço, quase o derrubando. A dor dominou todo o seu corpo. Forçou o ritmo para acompanhar Gal. Ela, atenta às sombras, o escuro do escuro, não pareceu ter se dado conta de que ele foi atingido pelo tiro de um glocker. Corriam buscando as luzes da rave, mas Ricabê tinha cada vez mais dificuldade de manter o foco. Sentia que perdia as forças, um sono estranho o dominava. Estava prestes a desmaiar. Ao ver que ele reduzia o ritmo, Gal pegou em seu braço para forçá-lo a andar mais rápido e sentiu a umidade pegajosa do sangue. Parou, sem tirar a atenção da rua, tirou um pequeno spray do casaco, tateou seu braço para encontrar o ferimento. Ele sentiu dor lancinante, mas não gritou, sabia que seria fatal. Ela rasgou a manga de sua camisa e dirigiu um jato para o ferimento. Ricabê gemeu de dor com a queimação forte que o produto causou. Mas o ferimento parou de sangrar e a dor diminuiu. Voltaram a andar rápidos e alertas. Enfiou uma drágea em sua boca e disse que a deixasse dissolver. Ele foi sentindo a energia voltar e, logo, estava ligado. O braço ferido era o direito. Ele é canhoto. Quando dois vultos pularam na frente deles, sacou sua pistola e atirou. O tiro saiu ao mesmo tempo que o de Gal, ele ouviu um só estampido. Os dois glockers caíram, eles desviaram e seguiram.

Viram as luzes da rave. Quando lá chegaram, estranhou, porque Gal não caminhou na direção da música. Seguiu por um corredor com LEDs que acendiam automaticamente ao se aproximarem, perguntou aonde iam, mas ela não respondeu. Continuou resoluta, pelo longo corredor. Chegaram a uma porta sem fechadura, ela digitou um código, a porta abriu, chegaram em uma garagem onde havia vários carros. Entrou em um SUV compacto, abriu a porta para que ele entrasse. Ligou o motor elétrico e o jipe arrancou rápido e sem ruídos. Acendeu os faróis, apertou um botão no painel, a porta se abriu e saíram para o apaga. Gal dirigia em alta velocidade, ora desviando de obstáculos, ora passando sobre corpos.

– Mas não é proibido o tráfego no apaga-pega?

– As regras do apaga-pega são relativas.

Logo entraram em ruas sem movimento, não corriam mais risco de serem atacados. Nem por isso ela reduzia a velocidade. Estavam em algum local próximo ao Barsenal, percebeu, ao ver uma loja de armas. Seguiram na direção norte, provavelmente rumo à Alameda do Delírio, porque viu a placa de uma Loja dos Sonhos. Mais adiante, Gal parou diante de outro portão, pegou o celular e digitou algo. O portão abriu, ela manobrou o SUV por estreita passagem e estacionou em um pátio onde havia outros veículos.

– Vamos.

– Onde estamos?

– Em uma amiga.

Gal saiu do carro e andou em direção ao prédio. Ele a seguiu. Na porta de entrada digitou um código que abriu para entrarem. Havia quatro seguranças armados com fuzis. O que estava mais próximo a Gal fez um aceno com a cabeça e seguiram, sem problema. Uma robô-atendente estava sentada em uma mesa, em frente a outra porta fechada.

– Cirurgia?

– Não sei...

– Podem entrar e ocupar o número 6.

Apertou um botão embaixo da mesa e a porta abriu. Entraram. Só então Ricabê viu que estavam em um tipo de hospital. Havia vários compartimentos com portas numeradas. O de número seis estava aberto. Entraram, havia uma maca e uma cadeira. Gal se sentou na cadeira e mandou que tirasse a camisa rasgada e se deitasse na maca. Obedeceu. Pegou uma gaze na mesa de apetrechos médicos ao lado da maca e um vidro de água oxigenada, limpou o sangue de seu braço, ele mal sentiu quando passou a gaze sobre o ferimento.

– O que foi aquele spray?

– É um combinado de antisséptico, forte anestésico tópico e selador. Estanca o sangue, diminui a dor e impede que a ferida infeccione. Faz parte do kit raver. Você precisará de um.

– E a drágea?

– Uma mistura de Dexedrina, Efedrina, Guaraná da Amazônia, Yohimbina, Taurina e Cafeína, tudo em doses bem parrudas, mas não a ponto de arriscar uma OD. Dizem que os soldados americanos usavam no Vietnam para se manterem alertas, mesmo feridos, há século bem distante do nosso.

– Metanfetamina?

– É um composto com outra finalidade, manter os soldados vivos e operacionais até receberem socorro médico. Eu prefiro modafinil, mas estava sem ele na hora.

A porta abriu e entrou uma jovem negra, vestindo jaleco branco.

– Oi Gal, já examinou o ferimento?

– Oi Acácia, de leve, sei que a bala ficou alojada no braço, mas não aonde. Ele sangrou muito.

– Vou examinar e ver se ele precisará de plasma ou sangue.

– Este é Ricabê, professor gênio do meu doutorado. Esta, Ricabê, é a doutora Acácia, a melhor cirurgiã da cidade.

Cumprimentaram-se, ela pediu para ver o braço, que já havia voltado a doer, o anestésico estava passando. Ele gemeu quando ela levantou o braço para examinar por trás.

– Aguenta só mais um pouquinho, logo vou anestesiar você.

Examinou um pouco mais, apalpou dolorosamente várias partes do braço.

– É, infelizmente, a bala está aí. Provavelmente alojada no osso. Parece ter feito um estrago, daí o sangramento. Preciso de uma imagem HD para verificar o local exato e poder retirá-la. Vamos torcer para que não haja fragmentos, nem danos mais sérios ao osso ou à artéria. Parece que não.

Levantou um pouco a voz e falou, Sula preciso de um Raio X HD do braço direito do paciente 06.

– Vou dar uma olhada nos outros que chegaram e já venho ver a imagem.

Minutos depois, Sula, uma robô acoplada a um aparelho de Raio-X digital, rolou até eles. Com seu braço mecânico pegou algo parecido com o transdutor de ultrassom e escaneou o braço de Ricabê. Gal disse que ficaria com ele. O resultado foi instantâneo, logo a imagem estava em alta resolução no monitor que o robô tinha por cabeça. Gal examinou e nada quis dizer. Olhou algo em seu celular.

– Sentindo falta da rave?

– Claro, preferia estar dançando com você. Não preferia?

– Evidente, isso é uma chatice.

– Mas, eu só olhava uma mensagem de trabalho.

– Você nunca me falou do seu trabalho.

– Nem vou falar. Está completamente fora da sua alçada.

– Sério? Eu não tenho segredos para você.

– Mas eu tenho os meus. É melhor se acostumar. Somos de universos distintos. Não saber, protege você, pode crer.

Ricabê não conseguia mais falar, a dor dominava todo o seu braço, passava pelo ombro e ia até o pescoço. O retorno de Acácia interrompeu a conversa, para alívio de ambos. Ela entrou, sorriu para Gal, perguntou como ele estava, "dor", ele disse. Acácia caminhou até a tela do monitor e ficou examinando a imagem do braço de Ricabê.

– A boa notícia é que não houve dano maior ao osso. A má é que para tirar o projétil vai precisar uma pequena cirurgia, vou precisar recompor a artéria, drenar o hematoma, tem muito sangue vazado dentro do seu braço. Se eu não tirar, vira um lago aberto aos vírus e bactérias. Tudo levará em torno de três horas. Você terá alta daqui a umas quatro horas e meia.

Puxou para perto um console com vários aparelhos, conectou cabos a Ricabê, usando vários clips de dedo do aparelho verificou seus batimentos cardíacos, mediu sua pressão, oxigenação, fluxo sanguíneo, capacidade respiratória.

– O que foi que ele tomou? Gal, Blue ou Red?

– Blue 2.

– Uau, bombou ele para valer.

– Era isso ou ele apagava no meio do apaga.

As duas riram. Ele se sentia como um panaca deitado naquela maca, enquanto as duas zoavam dele.

– Tudo bem, vou cortar este barato com um outro composto, desta vez para desacelerar. E uma anestesia local. Você não pode tomar anestesia geral como está. Mas será suficiente para a cirurgia, você estará com o braço todo anestesiado e com o sedativo vai ficar bem sonolento.

– Bom, vamos lá, vou pedir a Kamila que o leve e vou na frente para preparar tudo. Você quer acompanhar, Gal?

– Não Acácia, obrigada, vou dar um pulo no escritório e volto em duas ou três horas.

Acácia deixou o compartimento, Gal se levantou, foi até a maca, fez um carinho no rosto de Ricabê. Ele pegou sua mão e a beijou. Ela se inclinou e o beijou na boca.

– Vai dar tudo certo. Volto antes de você sair da cirurgia,

– Não estou preocupado, só com muita dor e cada vez mais fraco, mas vou precisar de você porque não faço ideia de onde estamos.

– Não se aflija, estarei a seu lado quando você estiver do fim da cirurgia.

Kamila, uma robô-enfermeira, humanóide indistinguível dos humanos, entrou e disse "vamos", destravou a maca e a puxou para a colocar na vertical, com os pés virados para a saída. Gal abriu a porta, ela empurrou a maca para fora do compartimento 06 e a levou pelo corredor na direção da sala de cirurgia. Ao chegarem, a doutora Acácia o esperava, de luvas, os cabelos envoltos em uma toca e máscara, encostou a maca ao lado da mesa cirúrgica e o passou para a mesa. Ele bem que tentou, mas, desajeitado por não poder usar as duas mãos, agradeceu à robô, encabulado. Em seguida, ela escaneou seu braço com o dedo em busca de uma veia boa, espetou uma agulha para o recipiente do soro e injetou um medicamento no tubo entre a sacola de soro e sua veia. Acácia disse que era o sedativo, precisava dele sedado para poder anestesiar seu braço e remover a bala sem problema.

Ricabê foi sentindo a excitação delirante abandonar seu corpo e sonolenta calma se assentar sobre ele. Antes de apagar, perguntou o que era e Acácia respondeu que era um composto que ela mesma preparava com alta concentração de THC e benzodiazepina. Ricabê apagou. Acácia pegou outra seringa com o anestésico local e aplicou em vários locais de seu braço. Ricabê sentia de longe uma sensação de calor que parecia inchar ainda mais seu braço. A cirurgia foi mesmo longa e delicada, tanto a extração da bala encravada no osso, quanto a reconstrução de sua artéria.

Kamila trocou o soro por uma bolsa de plasma. Quando acordou, ainda desorientado, a jovem médica lhe disse que estava terminado. Foi difícil retirar a bala do osso, pois poderia causar danos que exigiriam outra intervenção para colocar uma placa na fratura, ou uma prótese biônica, mas não foi necessário. Ele já sairia para a sala de recuperação e voltaria ao quarto quando terminasse o plasma. Ele viu Gal. Ela havia chegado quando a cirurgia já ia a meio caminho. Seu braço ficaria imobilizado por duas semanas. Acácia deu a Gal um creme que ele deveria passar na cicatriz durante três semanas e uma caixa de comprimidos sublinguais de RSO para tomar caso sentisse dor. Kamila o levou de volta ao compartimento 06, para sua recuperação. Ele teria alta duas horas após o final do plasma, quando a médica faria um exame para verificar se teria havido alguma intercorrência.

Logo que foi liberado para sair, agradeceu a Acácia.

– Como sei em quanto ficou a cirurgia e onde pagar?

– Já cuidei de tudo

– Então me dê seus dados para eu a reembolsar.

– Não me deve nada. Deixa de bobagem.

– Há outras clínicas como a de Acácia?

– Várias, mas prefiro Acácia, é minha amiga. Alguém tem que curar os feridos e o sistema de saúde oficial há muito desapareceu. Preciso lhe ensinar todos os detalhes necessários à vida fora da Cidade Universitária e no apaga-pega. Vou deixar você em casa, mas não posso ficar. Vou resolver um problema no escritório e volto em uma ou duas horas.

A clínica de Acácia é parte de uma rede de clínicas secretas independentes. Têm capacidade para cirurgias sofisticadas criadas para atender à gente da noite, aos guerrilheiros e às facções que dominavam as ruas fora das áreas protegidas. Os condomínios fechados tinham suas próprias clínicas e hospitais inacessíveis aos de fora.

Saíram no SUV e, na velocidade com que ela fez o percurso entre o hospital e sua casa, levaram 20 minutos para chegar. Olhando o monitor, Ricabê teve noção do caminho que percorreram com um frio na espinha. Haviam atravessado os pontos mais perigosos da cidade. Recostou no assento, fechou os olhos e mergulhou no mais remoto ponto de seu ser para encontrar algo macabro e eufórico. "O Sombra". Infestação devassa, monstruosa, que o devorava por dentro. Mas, era o preço para ter Gal, ele sabia e estava decidido a pagar.

Quando Gal retornou, ele já estava em estado de carência aguda.

– Desde que você me levou para o apaga, eu mudei por dentro. Você me mudou. Não estou reclamando. Hoje sou uma pessoa mais forte, mais complexa.

– Não Ricabê, eu apenas lhe mostrei a cidade como ela é. Você quis sair no apaga procurar algo que rompesse a monotonia de sua vida. Foi escolha sua. Eu só mostrei que fora da bolha acadêmica em que você vivia, a realidade era muito mais dura, cruel e interessante. Não dá margem a julgamentos morais. Não há tempo para julgar o que é certo e o que é errado. Tudo na vida anda errado há muito, valores anulados pela dureza da vida por um fio. Agora, é uma guerra permanente, onde só a sobrevivência conta. A mais-valia está em cada segundo conquistado.

Ao cair da noite, Gal o pegou pela mão esquerda e disse que queria lhe mostrar algo em que ainda se podia acreditar. Ele a seguiu, como sempre, dócil e aflito. Ela o levou, sem percalços, até o Parque da Distensão. Estava vazio. Mandou que se deitasse em um dos bancos de pedra e se deitou no outro extremo, com os pés colados nos dele.

– Olhe o céu, Ricabê. Agora podemos ver o universo, o cosmos.

Ricabê olhou o céu e redescobriu as estrelas. Viu o firmamento infinito, repleto de possibilidades astrais. Entendeu que a humanidade existiria por menos tempo que um piscar e outro das estrelas. Ali estava a nascente de tudo, da qual a espécie humana era uma minúscula e apartada criatura.

Sexo e Sombra

Ricabê pediu a Rosie para chamar Rãnagá. Logo o rosto de sua amiga e chefe surgiu no monitor.

– Querido! Estava pensando em você, seu curso vai bombar! Só estranho você não fazer comentários desmoralizando a proposta.

– Oi querida. Que bom. Pois é, passei dessa fase, tenho muito a agradecer a você pela ideia. Sei exatamente o que fazer com essas leituras e como elas podem ajudar a entender o nosso presente e talvez pensar um futuro. É uma pré-ementa com exemplos da bibliografia. Ainda vou escrever o programa e a ementa definitiva.

– Maravilha! Confesso que andava meio cansada com sua autodepreciação serial. Caramba! O que aconteceu com você? O que houve com o braço?

– Nada, meu bem, só um choque de realidade. Uma queda, uma luxação. Duas semanas imobilizado. Chatice. Mudando de assunto, Rãna, preciso falar uma coisa que está se passando comigo, mas pessoalmente. Vou dar um pulo aí, pode ser?

– Claro, querido. Quando vem?

– Saindo agora, em cinco minutos estou aí.

– Acho que vai acabar demorando um pouco mais, porque vai ser parado por alunos.

– Espero que não. Beijo.

Deixou o apartamento no bloco dos professores solteiros e caminhou obstinado pela aleia que levava ao Passeio do Campus. Nela não havia árvores, era contida por muros dos dois lados, decorados com graffitis indignados, na maioria throw ups convocando à revolução. Ricabê os conhecia de quase poder descrevê-los de memória. Mas sempre tinha a sensação de os estar vendo pela primeira vez e, em alguns deles, parecia mergulhar nas letras como se fossem nuvens e mesmo daquela outra perspectiva a visão que tinha era a mesma. Gostava de graffiti, uma forma fascinante de comunicação e arte. Aquela arte urbana combinava com seu novo estado de espírito.

O que os jovens esperavam de uma revolução? A sociedade estava em avançado processo de desmoronamento, seria fácil derrubar as parcas estruturas ainda existentes com o ânimo que gastavam nos apagas e nas raves. Mas, o que pretendiam construir após sua vitória? Eles têm uma proposta? Ainda são capazes de sonhar? Precisava ler algo sobre essa nova revolução. Provavelmente ela teria um site no DêVê e na rede digital, devia haver um sem-número de revolucionários. A única coisa que sabia é que se orientavam pela filosofia de Jamila Ban, inspirada em Odo, a filósofa militante.

O Passeio do Campus era uma longa calçada ladeada por grandes áreas de grama artificial. Por quase todo o gramado havia estudantes sentados usando seus tablets, celulares e notebooks, alguns liam livros de papel, o que era muito raro, mesmo entre os professores. Eram sobras de outra era. O Passeio cruzava todo o terreno da universidade, passando pelos prédios que abrigavam departamentos, anfiteatros, salas de aula e laboratórios. Do lado oposto ao que Ricabê cruzava, ficavam o posto de atendimento para alunos, outro dedicado aos professores e o hospital universitário. Se andasse até o final da calçada daria em um largo onde encontraria o prédio da Reitoria. Ele caminhava olhando aqueles jovens distraídos, indiferentes à tragédia coletiva, alheios ao fato de que estavam já nos domínios de Hades. Eram candidatos aos campos de Asfódelo uns, e outros, à região do Tártaro, todos a um passo da morte. Ele se sentia em outro plano existencial no qual não há mais lugar para o assombro. Deixou-se levar por aquela estranhada andança pelo caminho da indiferença.

Novamente focado, mas ainda intrigado, ao chegar nas proximidades do Departamento de Filosofia, foi abordado por dois rapazes e duas moças que lhe perguntaram se era verdade que daria um curso sobre ficção científica. Respondeu que seria sobre cibercultura e ciberficção e as novas dimensões do real. Ficaram animados e disseram que se inscreveriam em seguida. Uma das meninas, uma neohippie que havia feito seu curso anterior, perguntou qual seria a bibliografia. Ele disse que podiam acessar a ementa e a síntese da bibliografia na sala virtual do curso criada no site do departamento. Ele a abriria no dia seguinte. Retomou sua caminhada com a esperança de cruzar com Gal, mas qual o que. Foi ainda parado algumas vezes por alunos movidos pelas notícias que circulavam sobre o seu novo curso. Deu as explicações sinteticamente. Precisava chegar logo à sala de Rãnagá. Temia perder a coragem de lhe dizer o que pretendia e recuar no último momento.

O prédio da Filosofia tinha quatro andares. No primeiro havia uma pequena recepção. Nela, uma imagem holográfica dava todas as informações em linguagem natural e, às vezes, irritante precisão. Passada a recepção, ficavam o anfiteatro e as salas de aula. Ao final do corredor, a sala dos estudantes. Lá faziam de tudo, de descansar a namorar, estudar a jogar. No segundo andar, ficavam as salas dos professores. A de Ricabê era a segunda à direita do corredor, número 04, quase sempre vazia. No final do corredor ficava a sala da direção, ocupada por Rãnagá. O terceiro andar era dedicado a estações de trabalho, salas de pesquisa e à biblioteca digital, sem livros, só mesas com telas e teclado. O quarto era das muitas fraternidades. Ricabê atravessou o corredor rumo à sala de Rãnagá precedido pelas luzes led que acendiam no momento em que os sensores identificavam movimento. Bateu, ouviu-a dizer para entrar.

Rãnagá se levantou e foi até ele. Abraçaram-se calorosamente, beijaram-se na boca brevemente, ela manteve seu corpo colado ao dele, gesto que seria classificado de inconveniente por alguém do conselho. Finalmente separados, ela voltou para sua cadeira atrás da estação de trabalho ele se sentou na poltrona à sua frente. Ela quis saber do braço, como foi o acidente, se ele havia percebido o burburinho, ele respondeu que ela era muito linguaruda, riram. O braço foi um rasgo feio e profundo quando caiu ele o arrastou no pontiagudo canto do tampo de vidro de uma mesa. Teve que fazer pequena cirurgia, mas estava tudo bem. Acho que você anda é se expondo a mais perigos que jamais enfrentou. Negou com ênfase. Ela quis saber o que ele queria lhe contar.

– Algo delicado e preciso do seu conselho. Hesitou contava tudo, ou apenas o essencial?

– Fala, Ric, estou ficando preocupada.

– Bom, Rãna, aconteceu que uma aluna foi até minha casa sem aviso para discutir algo fora do escopo do curso. Falo sobre o que acontece nos apagões noturnos, raves alucinadas, caminhos de violência e morte. Tudo isso, claro, me espantou muito, me escandalizou mesmo.

– Ai, Ric, você é o único que não sabe que essas coisas existem. Todos sabem, querido.

Ele ficou pensativo, imaginando se ela era uma raver também, se saía feito uma louca armada pela escuridão da noite. Não a via capaz desses desatinos, de matar ou morrer. "Mas o que se conhece do que vai no recesso do ser das pessoas, mesmo as mais próximas?"

– Era isto, então, que você queria me dizer?

– Bem, não exatamente. A questão é que ela voltou a me visitar mais vezes e acabamos ficando. Você sabe que sempre fui rígido com a regra de não envolvimento com alunas. Mas, desta vez aconteceu. Temo que isto me crie um baita problema com o conselho e me faça perder o cargo de professor.

– Eu sabia, Ric, que um dia você deixaria de ser invulnerável. Está só ficando ou é mais sério?

– Só ficando, nenhum de nós tem intenção de ir muito além de um namoro e ainda estamos longe disso.

– Então é só sexo e rock'n'roll?

Ricabê ficou em silêncio. Ela o olhava entre surpresa e curiosa. Ele sentiu o Sombra agitar-se no seu âmago com a pergunta, era o portador de seus instintos sombrios. O que dizer? Não podia deixar o Sombra responder por ele.

– Acho que é um pouco mais do que isto, temos conversado muito, ficado muito, saído muito. É um problemão? O que me recomenda fazer?

– Querido, se eu sentisse ciúmes de você, diria para se livrar dessa garota. Nem quero saber quem é. Não é um problema. Seu curso acabou, tecnicamente ela não é mais sua aluna. Não há regras para ex-alunas.

– E se ela quiser fazer o novo curso? Devo impedir que se inscreva? Ela estava no outro. Chama-se Gal.

– Não, Ric, Gal é aluna de doutorado, adulta, não há regra escrita sobre isto. Há para os cursos de graduação que você abomina. Na pós, é tudo mais livre. Depois, na real, o Conselho não está nem aí para o que se passa aqui. Esses super-ricos de merda só olham para o próprio umbigo. Se você fosse a uma das reuniões, ia ficar chocado. Frivolidades, firulas, fofocas e foda-se. Ela é bonita. O meu oposto, negra e linda.

– Você é brunette, branca e linda. Então tá. Fico mais aliviado. Não sei até onde vou com ela. Mas, ela chegou como uma novidade, um choque de realidade, uma derivação de uma vida que estava ficando rotineira e aborrecida.

– Pegou você de jeito né?

– Sei lá, Rãna, sei lá.

– Não esquenta, Ric. Segue seu instinto.

"Ela não tem noção do que está dizendo. Nem quero pensar até onde meu instinto, dominado pelo colonizador, me levaria. Ele está sintonizado numa paragem escura onde a única luz que se vê é a do clarão das armas quando disparam. Nela quem manda é o Sombra, a parte apossada de mim desconhecida." Levantou-se lentamente para se despedir, enquanto tinha esses pensamentos. Novamente um abraço de corpos colados, beijo na boca. Disse em seu ouvido para se cuidar, não entrar em aventuras loucas das quais podia sair estropiado. Estava se cuidando, mentiu. Deixou a sua sala, saiu do prédio e caminhou sem verdadeira consciência do caminho pelo Passeio da Universidade, entrou na Aleia dos graffitis, o tempo todo se autoexaminando, procurando aquele elemento novo que ocupou parte de seu ser.

O Sombra o dividia em dois. Não foi direto para casa. Continuou pela aleia, passando seu prédio, até o Parque da Distensão. Era onde os professores e alunos da pós faziam meditação, Tai Chi e outras modalidades mais lisérgicas de recolhimento. A atividade de relaxamento era livre, alguns recorriam a derivados lisérgicos. Ninguém usava as drogas que deixavam sequelas irreversíveis. Só aquelas que podiam ser compradas na Alameda do Delírio. Ricabê se sentou em um dos bancos da praça e continuou a pesquisar suas entranhas sem chegar a conclusão alguma. Só estava certo de que algo sombrio e gelado havia se instalado em algum vão de si. Ele o sentia, mas não o via. O Sombra. Ele tinha certeza de que precisaria recorrer ao peyote, para mergulhar nas profundezas de seu ser e encontrar-se com ele. Seria uma doença? Como chamar essa presença totalmente desconhecida e avessa? Um novo ego se formando dentro de si? No departamento de neurociência, estavam fazendo experiências com sondas cerebrais com base em micro-ondas. Mas era tão experimental que ele ainda considerava o recurso a alucinógenos capazes de induzir a consciência transcendente muito mais seguro. Decidiu pedir a Gal para acompanhá-lo à Alameda do Delírio. Com ela se sentia mais seguro.

– Oi professor, posso me sentar a seu lado?

Era a neohippie com quem havia falado a pouco.

– Claro, estou tentando meditar, mas não consigo relaxar.

– Quer uma goma de LSD para ajudar?

Nada mais impressionava Ricabê. Aceitou a goma, os dois mastigaram juntos. Ele entrou rapidamente em transe. A neohippie a seu lado estava completamente estática, em profunda meditação. O derivado do ácido lisérgico era calibrado mais para gerar um transe meditativo do que as alucinações típicas do LSD original. Ricabê viu o Sombra. Eles não se falaram. Era desnecessário, frente a frente como um espelho trocavam pensamentos. O que o Sombra lhe deu foi a certeza de que ele sempre existiu, apenas havia sido liberado para aflorar.

"Você é Eu ao avesso e eu sou Outro você."

Ricabê entendeu. Deixou a substância levá-lo a um recanto de calma, onde pudesse se reconciliar com sua natureza alterada.

A cibercultura de Ricabê

– Estou de passagem. Não posso ficar. Tenho que ir para a universidade em seguida. Passei aqui só para dizer que vou sumir por um tempo.

– Por quê? Posso ajudar? Quero ajudar.

– Nada que eu não possa resolver, mas vai demorar bastante tempo e eu talvez tenha que me dedicar exclusivamente a esta consultoria por um tempo.

– Como? Não pode ser... é tão complicado assim?

– Não posso dizer mais nada. Eu volto um dia. No momento, não podemos ficar juntos. Eu voltarei, não tema. Nós enfrentamos a morte juntos no apaga-pega.

Ficou em silêncio. Amuado. Caminhava para a depressão. Gal saiu apressada, não antes de lhe dar um longo e caloroso beijo. Ele se sentou em sua poltrona favorita e tentou meditar. Mas já se sentia vazio. Um vazio estranho, como se alguma substância muito densa e vital tivesse sido totalmente drenada de seu corpo, deixando apenas vácuo e a lembrança divergente e excitante dos momentos com Gal. Mas, o vácuo ia sendo rapidamente ocupado pelo sombrio alienígena cada vez mais forte que colonizava o seu âmago. Ele lhe dizia para esquecer Gal. Ele não precisava mais dela.

Relembrava os lances de sua vida com Gal que o haviam mudado para sempre. Aquela pergunta metafísica sobre a franja do universo que se fora formando em seu íntimo, aquele mistério confortável, virtual, viciante que havia sido o alimento perfeito para sua angústia, para sua melancolia pequeno-burguesa, bem-comportada e depressiva, continuava para ele sem solução aceitável. Embora ela tenha tentado convencê-lo de que era ficção, continuava intrigado, suspeitando de que havia algo mais naquelas postagens. O apaga no qual ela o iniciou era o pesadelo, o vício pesado que desconjuntava seus valores, rompia todo o equilíbrio, trocava seu fastio pelos restos da falência dos sentidos. Era o elemento infesto que fazia o Sombra crescer por dentro de seu ser, modificando-o irremediavelmente. Ele precisava dela e para a ter por inteiro precisaria decifrá-la. Gal era o seu mistério.

Resolveu trabalhar mais na preparação das aulas. Era sua última ligação com ela. O curso era o objeto que permitia ao improvável triângulo Rãnagá-Ricabê-Gal fazer algum sentido. Para sua surpresa, conseguiu ler por muito tempo, até que a ansiedade voltou com força. Foi até o quarto, retirou uma cápsula de theragel índica da Tweedle Farms da caixinha que ele e Gal haviam comprado na Alameda do Delírio e ficava em sua mesa de cabeceira e ingeriu. Substituía com vantagens e sem efeitos colaterais os ansiolíticos cujo uso explodiu no antecolapso. Precisava relaxar. "Agora, só me restam o apaga e o curso. A saída sumiu." Recostou no sofá, pediu a playlist para relaxamento, disse a Rosie que faria uma sesta de 40 minutos e dormitou até ela o chamar. Depois que Gal a reprogramou ela ficou muito mais útil e passou a fazer de tudo, inclusive as compras que ele temia na região central. Já sabia os melhores e mais confiáveis fornecedores da Alameda do Delírio, do Beco do Silício e do Barsenal. Controlava seus estoques de comida, bebida e outros essenciais e fazia os pedidos para antes que acabassem.

Mais uma vez sob controle, decidiu trabalhar no Projeto *Cibercultura e ciberficção: novas dimensões do real*. Nele, as infinitas possibilidades da criação literária modificando o real estariam no centro das provocações que faria para ajudar a estruturar a conversação. Rãna não tinha ideia de quantas novas dimensões do real ele havia descoberto com Gal. Agora, queria discutir leituras que pudessem ajudar a encontrar caminhos. Montar a bibliografia era relativamente fácil, usando a nova Rosie, recodificada por Gal. Foi para o computador e começou a digitar o projeto. Ele estava tão pronto em sua cabeça que se quisesse ditar faria sem problema, escrevendo pensava melhor. Quando terminou, pediu que Rosie criasse uma pasta com o nome do curso e indicando 1º semestre.

Imaginou começar discutindo, no primeiro bloco, a fundação da cibercultura, conceitos fundadores, os primeiros pensadores deste campo de estudos. Para iniciar, Donna Haraway e outra mulher foda, Sherry Turkle. As duas tinham muito prestígio até os tempos atuais. Uma, introduziu a biônica e os ciborgues em seu feminismo, e desmistificou a relação humanos/máquinas. A outra, criou o contexto para discussões futuras no campo da cibercultura. Turkle tem também um estudo pioneiro sobre como a internet afeta nosso sentido do ego e nossa identidade, as implicações psicológicas da vida no plano digital.

No segundo bloco, entraria na filosofia, com Lyotard e Lévy. Os dois tiveram grande impacto na cibercultura. Lyotard sobre os efeitos da tecnologia no conhecimento, o desaparecimento da grande narrativa e o papel dos especialistas na fragmentação do saber. Tudo a ver com a natureza balcanizada do domínio digital. Lévy escreveu um clássico, a primeira obra de filosofia da cibercultura. Ricabê gostava particularmente do conceito de inteligência coletiva. Tudo isso seria radicalizado por autores de finais dos anos 20 com o vertiginoso desenvolvimento da primeira inteligência artificial generativa. Já estava na décima geração. No terceiro bloco, queria discutir cultura e comunidade. Usaria Rheingold para debater comunidades online e a dinâmica social dos espaços virtuais. Fecharia o bloco com a exploração do destino da Internet no declínio da civilização humana por René Chumango em seu livro de 29. Ele discute a cibercultura da autoextinção e as possibilidades de um novo ser, híbrido, biônico, mais apto a viver no ecossistema hostil após o colapso climático e, talvez, capacitados para viver em outros planetas habitáveis.

Releu, fez correções e ficou satisfeito com o resultado. O projeto estava bom. Ainda precisava planejar sua sequência o primeiro semestre e a bibliografia do segundo. "Mas o importante não é se eu estou satisfeito. Relevante é se Rãna vai gostar." Resolveu descansar um pouco, perdeu o interesse em ficar zapeando pela Alternet depois da descoberta do apaga. Talvez possa usar as postagens sobre a franja do universo para os alunos debaterem a cultura coletiva, a literatura wiki e fragmentação da vida digital. Resolveu parar de trabalhar pelo dia e ler até sentir sono, o que só aconteceu na alta madrugada. Acordou tarde, comeu alguma coisa e resolveu voltar ao trabalho. Rãna estava em pânico achando que ele não entregaria o projeto e ela teria dificuldade de mantê-lo no departamento.

A segunda parte do curso deveria tratar da semântica, narrativa e estética da cibercultura no seu nascimento, começando com o visionário McLuhan. Escreveu uma obra essencial e premonitória sobre a mídia na sociedade, pedra angular da cibercultura. Outra obra indispensável seria o ensaio espantosamente presciente de Janet H. Murray, falando de realidade virtual, imagem holográfica na era digital. Ela imagina as inúmeras possibilidades criativas da storytelling imersiva e interativa no ecossistema virtual. Daí, para a interferência da literatura eletrônica no ato de ler e escrever, seria um passo natural. As ideias de N. Katherine Hayles sobre a convergência entre literatura e cultura digital daria uma excelente motivação para o debate. Nem todos deverão ler todos os livros. As leituras que todos deverão ler ele assinalaria como leitura obrigatória.

No segundo semestre, programaria os precursores e autores fundamentais da ciberliteratura e da ficção ciberpunk. O exercício disparou sua imaginação, não conseguia mais parar de pensar nos autores que mais gostava. Ficava particularmente animado em imaginar que passariam o segundo semestre lendo e discutindo esses extraordinários criadores de estórias premonitórias sobre o futuro. Começou a digitar. Primeiro os mais longínquos inspiradores do que viria a ser a ciberficção no distante futuro. Começaria com o gótico e visionário conto de Poe, *O Homem que Foi Usado*, de 1844. Ele não fazia referência à tecnologia ou a outros elementos que o poderiam ligar à ciberficção. Mas a ideia de aumento artificial do corpo humano prenunciava os ciborgues. Logo depois, viria o genial Jules Verne e seu *Vinte mil léguas submarinas* um romance com vários temas da ciberficção, como tecnologias avançadas, interação humano-máquina, o poder tecnológico. O Nautilus e seu Capitão Nemo foram protofiguras da ficção científica e da ciberficção que se desenvolveriam nos séculos 20 e 21.

Passaria então, para a primeira distopia, George Orwell e seu impecável *1984*. O seu Big Brother passou a ser sinônimo de vigilância permanente e controle totalitário, opressivo, questões essenciais da cibercultura e da filosofia pós-moderna. Depois, há tempos, foi transformado pela TV em banal voyeurismo. Ricabê nunca assistiu a essas deformações, mas leu vários textos sobre elas. Levantaria a questão da relação entre o efeito do panoptikon e do Big Brother, ambos se apoiam na percepção de que se está sendo observado permanentemente, mas um incide na identidade das pessoas em sua interação simbólica, o outro na atitude de conformidade e autocontenção. A ideia central é a de que estamos sendo vistos todo o tempo, ele tinha mais interesse na visão orwelliana do estado totalitário. Orwell foi um socialista Fabiano de muitas décadas atrás e compartilhava a ambientação distópica com numerosas obras de ciberficção, em particular as ciberpunk, e os temas da desumanização e da manipulação da realidade.

No capítulo distopia decidiu que recomendaria também *A Laranja Mecânica*, outro magistral tratamento literário da decadência social, do controle tecnológico e da manipulação. O clima dele se parece muito com o que se vive hoje em dia. A ideia de Bentham, um clássico do longínquo século 18, depois desenvolvida por Foucault do século 20, também muito distante de nós. A ideia do panóptico é a de ser visto e controlado pela crença de estar sob permanente vigília tem sua importância. Dois anos depois de Orwell, Isaac Asimov imaginaria uma forma mais benigna, embora não menos questionável, de controle social e manipulação das relações humanas para programar o futuro na trilogia de ficção *Fundação*. Um ano antes, ele imaginou as "leis da robótica" para regular o comportamento das máquinas inteligentes e preservar o humano na relação humano/máquina.

Outra distopia que desejava discutir com os alunos era Piano Mecânico, de Kurt Vonnegut, na qual a tecnologia domina e controla todos os aspectos da vida. Uma obra prima da literatura de ficção sobre a alienação humana e a perda da individualidade. Não é este o centro da ciberficção, especialmente da narrativa ciberpunk? O romance ciberpunk com o deliciosamente sem sentido título de Andróides sonham com ovelhas elétricas? Ele ficou célebre por ter inspirado o filme Blade Runner, de Ridley Scott. Nele, Philip K. Dick desenvolve temas como identidade, humanidade, clones e inteligência artificial em uma distopia pós-apocalipse. São os bisavós e os avós da ciberliteratura.

Talvez adicionasse a trilogia MaddAddão, de Margaret Atwood, prosa de qualidade literária e especulativa sobre a biotecnologia, a engenharia genética e futuros distópicos e, ainda, O lado esquerdo da escuridão, de Ursula K Le Guin, que, embora não seja uma ciberficção, compartilha temas com ela e trata de uma questão fundamental para o tempo presente, a sobrevivência em um ambiente hostil.

Os pais e mães viriam em seguida. Sem dúvida, teria que começar essa genealogia com William Gibson o fundador direto da ficção ciberpunk. Seu romance *Neuromancer*, disseminou os termos ciberespaço e cibercultura e definiu o gênero ciberpunk. Vernor Vinge imaginou a realidade virtual chamada de "Outro Plano", à qual se chega por conexões cérebro-computadores em Nomes verdadeiros. Hackers e agentes do governo disputam poder em um complexo jogo de esconde-esconde. A grande clássica ciberpunk, Pat Cadigan, não podia faltar com sua estória sobre a fusão entre a consciência humana, tecnologia e realidade virtual. A fábula ciberpunk de Neal Stephenson se passa em grande parte no metaverso, a realidade virtual onde se vive como um avatar. O romance prevê com precisão o ecossistema de um planeta em caos, dividido em cidades-estado, dominadas por corporações de mafiosos e mercenários. Os avatares digitais e vírus linguísticos são impressionantes aproximações do que havia na cidade, e Ricabê nem suspeitava dos avatares clonais com os quais Gal se fazia representar online.

Precisava incluir, em homenagem a Gal o romance ciberpunk, Reconhecimento de Padrões, com a personagem cult Cayce Pollard, a antigriffe, de William Gibson. Bruce Sterling precisava entrar com sua distopia, hoje realista, de um futuro marcado por eventos devastadores causados pela mudança climática extrema. Incluiria também a estória escrita por Richard Morgan de um futuro em que a consciência podia ser transferida entre corpos, um romance noir da ficção ciberpunk chamado Carbono Alterado. Para relaxar os alunos, resolveu incluir Jogador No 1, sobre um futuro distópico no qual as pessoas escapam da realidade pela via da imersão na realidade virtual. Uma estória de jogos digitais imersivos e amor. Virou filme dirigido por um diretor famoso no século 20, chamado Steven Spielberg.

Fechou. Ficariam faltando os autores de imensa qualidade que publicaram durante o colapso e os contemporâneos. Talvez mais um semestre dedicado aos autores do pós-colapso. Programa escrito, Ricabê precisava preparar suas aulas e se recuperar inteiramente do ferimento no braço. Pretendia aproveitar para acertar sua vida que havia se descontrolado. Reler todos os livros da bibliografia indicada e preparar notas de aula. Como primeira providência, arrumou os livros em pequena estante de rodinhas ao lado de sua mesa de trabalho, como fazia habitualmente com as leituras que precisava ou desejava fazer.

Não rola

Gal foi direto para seu escritório-sede. Lá, tomou um bom banho, trocou de roupa, fez um café forte e se sentou diante da aparelhagem. Falou com alguns clientes. Antes do incidente com Ricabê, @Amina havia dito a @B3C3D3 que precisava se preparar para o job e isto levaria um mês. Queria ganhar tempo. Ele ficou muito irritado, fez ameaças, mas @Amina respondeu que se não quisesse esperar devia buscar outra pessoa. Para enfrentar as defesas da polícia cibernética e sair da empreitada ilesa, ela precisaria atualizar sistemas e desenhar artefatos digitais radicalmente novos para enganar as sondas policiais. Isso levaria tempo e exigiria seu envolvimento direto. O interlocutor pareceu se satisfazer com as explicações e, embora permanecesse muito irritado e insatisfeito, terminou por aceitar. @B3C3D3 tentou entrar em contato com @Aaliyah e não encontrou traço dela em parte alguma da AltWeb, nem no DêVê e suas ramificações clandestinas. Ela havia sido terminada.

O prazo havia chegado ao final, não dava mais para adiar a resposta. Usou o tempo disponível para dar um upgrade geral em todos os seus sistemas de defesa, o que lhe tomou muitas horas de codificação e algumas visitas a uma loja subterrânea no Barsenal, para se abastecer de armas de acionamento remoto e drones de artilharia. Sabia que poderia enfrentar uma gangue inteira, se descobrissem que @Amina era Gal. Havia chegado a hora de dizer não a @B3C3D3 e a recusa teria consequências. Esses tipos não aceitam não como resposta. Mudou para o escritório de @Amina e ficou esperando o sinal de mensagem. A imagem de Raskólnikov a fez suar frio. Ele foi direto com um tom bastante irritado.

– Então em quanto tempo você executa o job?

– Lamento, no can do.

@Amina usou um tom de brincadeira, mas manteve a fisionomia neutra.

– Como é que é?

Raskólnikov estava fora de si.

– Esta não é uma resposta decente, depois desse tempo todo. A recusa é inaceitável.

– Pois é, mas não vai rolar. Fiz o upgrade de todo o sistema e redesenhei os artefatos necessários. Mas, os testes de segurança mostraram que eles continuam vulneráveis. Não sei quanto tempo levará para eliminar todos os pontos de fragilidade. No momento, não rola. Lamento, o dinheiro viria muito bem, mas não trabalho sem garantias adequadas de segurança para mim. É parte do meu código profissional.

Foda-se seu código! Nós não aceitamos negativas. Podemos lhe dar mais tempo para executar o job. Recusar não está no cardápio. Vou enviar a metade do pagamento combinado. Podemos negociar um bônus, uma taxa de sucesso a ser paga quando terminar o serviço, equivalente a até o dobro do valor pago. Uma, digamos taxa de insalubridade. É isto @Amina, @Aaliyah, ou @quemdiabosvocêfor, ou poremos um contrato em você. Este dinheiro que recusa pagará pelo seu extermínio.

`Não farei agora, em um mês, ou em um ano @B3C3D3. Se enviar as criptos elas serão devolvidas imediatamente.`

Aconteceu o que temia. Desde a primeira conversa com Raskólnikov, havia entrado em uma armadilha, era perder ou perder. Mas não podia e não faria o que eles queriam. Não trabalharia para gente como eles nunca. Era dinheiro tinto de sangue. Seu povo havia sofrido na mão de um desses e quase foi exterminado. Genocidas eram inimigos, sempre. Teria que aceitar o risco de dizer não. Foi quando se deu conta de que, afinal, ainda existiam barreiras morais. "Ah, se pudesse contar a Ricabê." Gal deixaria como legado a Ngalula a descoberta de que o mundo, em seus momentos finais, ainda guardava surpresa. Se existe a possibilidade da surpresa, deve haver um caminho para evitar o fim do mundo.

`Você está condenada. Não pouparemos recursos até acabar com você. Não nos subestime.`

`Lamento essa declaração de guerra. Eu sei me defender. A resposta é no can do. Nyet! Não me subestime.`

Resolveu usar o russo também para deixar inequívoca sua recusa.

`Você vai pagar caro! Ty mertva!`

A tradutora que havia criado com a mais avançada inteligência artificial não deixou margem a dúvida, ty mertva significava está morta. Foi como Raskólnikov encerrou a conversa em russo. Não era a recusa em si que os fazia voltar-se contra ela. Era o medo de que tornasse públicos seus verdadeiros nomes e o que faziam. Gal deixou rapidamente o ambiente que criou para @Amina.

Ativou o processo de destruição física e digital de sua heterônima, assim que deixou a garagem do prédio em sua moto. Ao chegar, o microdrone que ela havia ativado mostrou homens armados subindo as escadas, em busca de @Amina. O grupo invadindo um de seus pontos era perigo mais definido e concreto. Mais perigoso do que os riscos que corria no apaga-pega. Eles a haviam investigado durante todo este tempo. Deviam ter um cracker poderoso para conseguir localizar @Amina. Era outro patamar de perigo. Nada se devia à chance. Não era um jogar de dados, como no apaga-pega. Era uma ação totalmente racional, consciente, deliberada, contra a sua vida. Perseguição. Sua defesa ia demandar sacrifícios e medidas radicais. Estava em guerra. Uma guerra que não podia ganhar se não perdendo a vida de Gal.

Precisava se preparar para o ataque que certamente viria. Reforçar suas defesas, aumentar seu arsenal de drones, desenhar nova ciberartilharia. Não podia presumir que Gal estaria segura, que só encontrariam e atacariam sua heterônima. Sabia que a probabilidade de encontrarem nexos que as ligassem era mínima, mas existia. Sempre havia um elo a descobrir. Era sua especialidade descobrir essas tênues ligações subterrâneas.

É certo que exigiria um superhacker. Não havia muitos com essa habilidade. Uma era ela. Outra, ela conhecia bem, jamais aceitaria um job desses. Tinha notícia de uma terceira, mas não a conhecia. Seus caminhos, físicos ou virtuais jamais se encontraram. Duvidava que ela rompesse o código cibertecno e ajudasse a atacá-la. Os da PêCê não fariam algo assim. A menos que a própria PêCê estivesse atrás dela o que não era ainda o caso. Agora sabia da existência de um grande hacker, o quarto que conseguiu manter-se incógnito, que nunca deixou pista de sua passagem pelo ciberespaço, ou feito contato com qualquer colega. Sua preparação precisava levar este cenário em consideração. Tomaria todo seu tempo e não haveria como se dedicar a outras atividades, menos ainda a Ricabê. Mas, se eles tinham um ciberespião tão poderoso, por que contratá-la? Queriam, talvez, protegê-lo de um serviço quase impossível e que com certeza deixaria algum rastro.

Onda de calor

Ricabê releu o programa inteiro. Certo de que nada havia a tirar nem a acrescentar, reescreveu a ementa para que correspondesse exatamente ao que havia programado. Estava pronto para ser inserido na proposta para o semestre seguinte. Dependia, agora, apenas de Rãnagá e da aprovação do Conselho que, com certeza, acompanharia o voto dela. Aquele curso era um estranho produto. Tinha tudo a ver com o que sempre gostou e conhecia bem. Mas, ele nunca o teria proposto. Foi preciso que Rãna tivesse a ideia e lhe apresentasse como uma última chance de se manter no departamento. Gostou imediatamente da proposta. Mas não a teria executado, nem estaria tão seguro dela, se Gal não tivesse aparecido em sua vida e lhe mostrado o outro lado que desconhecia. Só após a experiência no apaga, ele ganhou o ânimo que lhe faltava. Recostou-se na sua poltrona preferida e ficou esperando Gal chegar, como uma vampira, no umbral da noite escura, na boca do apaga.

Mas Gal não apareceu. "Deve estar atolada no trabalho." Pela primeira vez Ricabê sentia certa euforia com a programação de um curso e queria muito lhe mostrar o resultado, discutir tudo com a companheira. "Rãna é uma diaba, inventou um curso que sabia que mexeria comigo, com o Ricabê que há muito estava sufocado no desalento e no enfado." Aquele ser dentro de si sombrio e sequioso havia devorado esses sentimentos tristes. Ele sentia aguda falta de Gal e não sabia como se comunicar com ela. Tentou @Gtekla várias vezes sem resposta. Pediu a Rosie que tocasse Gettin' Jiggy wit It e começou a dançar fazendo o dab. Estava nesse nonsense passadista, quando sua assistente anunciou chamada de Rãnagá e ele foi atender.

– Oi sumido, tudo bem com você?

– Oi querida, terminei a preparação do curso.

– Que maravilhosa notícia! Está pronto?

– Sim, todo o projeto. Podemos marcar para eu levar e discutirmos, antes de você incluir na programação para o Conselho.

– Você está em casa de boa? Não vai sair agora?

– Não tenho planos de sair, mas posso ir ao departamento.

– Vou já para aí, chego em vinte minutos.

Ricabê se resignou, não podia e não queria barrar a amiga, Gal diria dar um shade em Rãna. Ela chegaria e ele queria mesmo lhe mostrar o programa. Mas suspeitava que ela quisesse bem mais. Quando chegou, ela trazia uma sacola com pães e queijos difíceis de encontrar. Ele se deu conta, surpreso, que ficou aliviado ao a ver chegar. Beijaram-se afagaram-se, mas adiaram o sexo para a noite. Seria uma noite rara, sem apagão.

– Vou cozinhar algo para nós, abrimos um vinho e conversamos sobre o que você quiser, menos sobre o aniquilamento de tudo.

– E o programa?

– Está pronto, fui por aquelas leituras que já discutimos várias vezes, para mostrar como se deve pensar em momentos de grandes transes. Como a singularidade.

– Li o romance de Vernor Vinge, *Marooned in Real Time*, que você me indicou daquela vez que conversamos sobre isso. Achei bem interessante o uso que ele fez da ideia de singularidade. Náufragos do tempo real somos nós, Ricabê. Talvez nunca cheguemos a destino algum, no ritmo em que a situação se degrada, acabaremos antes. Mas ele viu muito além do seu tempo.

– Combinamos não falar do fim de tudo.

– Mas não estou falando disso e sim de singularidade.

– Os escritores, principalmente os de ficção científica e de ciberficção veem mesmo além de seu tempo. Ao contrário dos cientistas, pensam fora de todas as caixas. O Vernor Vinge, quando escreveu Marooned in Real Time quase nada sabia de cibernética. Só depois virou professor de ciência da computação. Há grandes futuristas nessa turma além dele.

– É isso, acho que a saída é pensar livremente, fora das caixas, sem modelo, explodir os paradigmas todos. Eles são fonte de conservadorismo e estreiteza de visão. Porra Ricabê, você é foda. Só pensando muito diferente seremos capazes de encontrar saídas para esta armadilha terminal em que nos aprisionamos.

A chegada da noite os surpreendeu ainda em animada conversa sobre como a criatividade pode ser uma ferramenta futurística, capaz de intuir futuros possíveis que terminam por se aproximar bastante do que se realizaria como fato.

– Ric, sabe que as duas próximas semanas serão de onda mortal de supercalor? O alerta acaba de circular, para não sair ao ar livre porque as queimaduras de primeiro grau aconteceriam no primeiro minuto de exposição. À noite, as temperaturas vão continuar elevadas como nas manhãs e nas tardes. todas as atividades noturnas foram canceladas e a distribuição de energia será mantida até passar a onda de supercalor.

– Estava por fora. Até mesmo o apaga-pega foi cancelado?

– Sim nem pega, nem raves por duas semanas. A previsão é que os apagões serão evitados integralmente nessas duas semanas.

– Estamos no que seria o final do outono... mas enfrentando as ondas típicas do pico do verão, mau sinal.

– A última semana do que já foi outono será muito mais quente do que um verão comum de outros tempos, pelo que se lê nos relatos do pré-colapso. Depois, parece que uma frente polar produzirá frio inédito em algumas partes. Uma loucura. A primavera será mais quente do que o verão passado e o verão será incomum, alternando ondas de calor e verdadeiros dilúvios.

– Nós fizemos tudo isso, Rãna, escolhemos esse final para nossa espécie.

– Bem, mas vim aqui para falarmos do projeto que terminou. Essa conversa tá muito depressiva. Ainda temos tempo e creio que temos uma última chance. Me mostra logo sua nova cria, vai.

Ricabê não quis responder, achava que a humanidade já havia queimado todas as suas chances de sobreviver ao caos climático que produziu. Pediu que Rosie projetasse o programa. Imediatamente o que ele havia escrito apareceu em imagem holográfica no ar, em frente aos dois. Ricabê pediu um zoom no início.

– Vou começar o curso discutindo essas duas mulheres fodonas, que abriram caminho para a cibercultura, a Donna Haraway e a Sherry Turkle.

– Foda, Ric, a melhor abertura possível.

– Em seguida, filosofia, olha só...

Destacou o nome de Lyotard e Pierre Lévy.

– Inaugurando a filosofia da cibercultura.

– Eu sabia que seria a ideia perfeita para você e você faria um puta programa. Está muito bom esse começo Ric. Impressionante é que toda a cibercultura foi produzida no pré-colapso. Hoje só você continua nessa trilha, mas como crítica cultural. Todo o pensamento secou no colapso, como água.

– Há uma literatura ciberpunk do pós-colapso, algumas obras de qualidade. Distopias, muitas, e alguma utopia. E esquece que você e

Jamila são as filósofas do pós-colapso? Ainda há um pensamento sobre nosso tempo, apenas ele é efêmero.

– Jamila, sim. Eu, não tenho essa importância toda.

– Você que pensa, Rãninha.

Ele continuou mostrando cada parte do projeto, com sua exposição sempre entrecortada por intervenções entusiasmadas de Rãnagá. Quando terminou, ela se levantou, o abraçou e beijou na boca.

– Obrigada querido, vai ser sua consagração. No momento mesmo em que for divulgado, vamos ter um tsunami de alunos pedindo inscrição e teremos que limitar as inscrições. A menos que você tope várias turmas.

– Não, Rãna, não tenho essa capacidade. Se aparecerem tantos pedidos de inscrição como você imagina, faremos uma seleção. Eu entrevisto brevemente cada um deles e escolho 25, 30 no máximo, que me parecerem mais aptos.

– Tá certo, um jeito de fazer 30 o amarem e 300 odiarem você.

– Foda-se não nasci para ser amado.

– Você que pensa, querido.

Enroscou-se nele.

– Só mais um comentário, o plano de leitura para o segundo semestre é incrível. Eu mesma vou ler esses livros. Tem vários que não li. Podemos conversar sobre eles depois. Mas agora vamos relaxar.

Tirou da sacola um difusor de óleos essenciais, uma peça de cerâmica especial que era esquentada por um pequeno fogareiro, com uma chama igual à de um maçarico culinário. Colocou no recipiente destinado a óleos essenciais uma porção de resina refinada da Raw Garden, Orange Cookies Diamonds 86. Acendeu o fogareiro e o levou para o quarto. O aroma vibrante com notas terrosas de casca de laranja recém retirada da fruta e pressionada, combinado a um ligeiro defumado de cookies era muito agradável. Uma experiência olfativa revigorante que mexeu com todos os seus sentidos. Rãnagá já estava sem roupa, ajudou-o a tirar a sua e começaram a se pegar. Fizeram sexo, inebriados pelos efeitos daquele aroma estimulante. A temperatura esquentou repentinamente, Ricabê a princípio imaginou que fosse efeito dos vapores inebriantes e do sexo, mas se lembrou do que Rãnagá lhe havia dito sobre a onda de calor. Ela estava coberta de suor.

– Começou.

Pediu a Rosie para ligar o ar-condicionado a 20º C e o ambiente começou a ficar suportável. Pensou que nem adiantava esperar que Gal aparecesse. Nem ela, com todas as suas habilidades, seria capaz de atravessar aquele ambiente externo afogueado. Provavelmente passaria as duas semanas trabalhando em seu escritório, fosse lá aonde fosse. Nada a fazer, se não relaxar e se divertir ao máximo com sua amiga fiel. Ainda sentia os efeitos do concentrado que Rãnagá havia vaporizado. Levantaram-se nus e foram para sala.

– Vou preparar algo para comer.

– Não precisa. Tomamos um sorbet que eu fiz agora e mais tarde comemos queijo e pão com um vinho mais fresco.

– Se não vai haver apagão, posso usar minha cota de eletricidade pública para o ar-condicionado e direcionar minhas fontes para o resto. Assim que terminou a frase, pediu a Rosie que redistribuísse a energia desse modo.

Ela percebeu sua inquietação e intuiu que era a ausência de Gal que o afligia.

– Me fale da Gal. O que ela faz? Onde mora?

– Ela tem seus mistérios, Rãna. Me disse que é uma consultora cibernética. Não achei traço disso ou dela na AltWeb e nem na parte do DêVê que consigo acessar. Mora no Quilombo Universitário e também em alguma parte da Zona Central. O escritório dela fica por lá, acho que na região do Beco do Silício. Ela me disse que estava enrolada com um job e que poderia ficar ocupada por vários dias.

– Você sente a falta dela.

– Não quando estou com você.

– Mentira com charme. Somos amigos, querido, não vai rolar ciúme do meu lado.

Ela conhecia bem o amigo, sabia que ele precisava mais do que de amizade, sexo e cannabis. Ele andava se enganando. A época do amor passou. Ninguém pode mais se dar ao luxo de amar neste tempo, incerto, em ruínas, prestes a acabar. É preciso ser desprendido. É tempo de paixões passageiras. Pode-se perder as pessoas queridas num piscar das luzes.

– Toda relação tem que ser temporária, relaxada.

– Até a nossa?

– Claro, querido, nossa amizade é um risco de dor, um de nós pode ser terminado em um apaga, numa visita às lojas da Zona Central, ou numa invasão da Cidade Universitária.

– Eu sei, a distopia finalmente se materializou. Somos seres distópicos.

– Exato, e seres distópicos, por definição, não podem amar. A gente fica com alguém o quanto pode, sem compromisso de qualquer lado. Teve algum poeta que disse que não seja imortal, posto que é chama, mas que seja infinito enquanto dure. Não sei se era disso que ele falava. Devemos buscar o infinito enquanto dure, sem perder a consciência de que agora somos mais mortais do que nunca.

Ricabê concordou com a cabeça, amuado.

– Mas, me conta, você sai no apaga-pega?

– Ah, Ric, eu também tenho meus segredos. Não direi se saio ou não. Vamos aproveitar esse calor sem apaga e nos pegar com prazer. A vida é a cada minuto, o resto é desconhecido, minutos que contêm o infinito possível.

Puxou Ricabê para si. De alguma forma, ela compensava parte da ausência de Gal. Ele se perguntava o que poderia estar acontecendo com ela e porque nunca lhe deu um endereço para o qual pudesse lhe mandar uma mensagem. Passaram o resto do dia entre o sexo e a conversa solta. Nenhum dos dois a mencionou mais, embora ele a tivesse no pensamento todo o tempo. Na manhã do dia seguinte, Rãna propôs que discutissem o curso e ele lhe falasse um pouco de cada um dos livros recomendados.

Ricabê falou mais de uma hora, com um entusiasmo que espantou a amiga. Ela nunca o vira tão mobilizado. Havia deixado de lado o niilismo e a autodepreciação.

– Você deixou algum texto importante de lado?

– Muitos, é um campo da literatura com escritores muito criativos e prolíficos. Mas tive que ser seletivo para ficar dentro da programação de horas de aula e da carga de leitura dos semestres. E ficou faltando a literatura ciberpunk pós-colapso, creio que é um outro tempo, que mereceria outro curso, com lógica diferente.

– Você pode propor uma sequência de três ou quatro semestres, já pensou nisso?

No fundo de sua mente, piscava a pergunta sobre o que acontecia com Gal.

– Não pensei. Mas é longo prazo demais. Posso pensar em uma sequência para mais um semestre só com autores contemporâneos.

– Acho ótimo. E pode programar novas sequências ao final de cada semestre.

– É uma ideia. Tocar de acordo com o interesse dos alunos.

Voltaram para a cama. O calor externo calcinava a terra, secava os magros cursos de água e os poucos reservatórios que restavam. Sair ao sol era morte certa, com pouco tempo de exposição. Os corpos são torrados por fora e derretem por dentro.

– Nós não fomos calibrados para trocas de calor acima de determinada associação de temperatura e umidade. Na maior parte do planeta já se tornou um ecossistema letal, 10%/50C°. As ondas de calor passam de 5%/36C°, é certeza de morte por falência térmica mesmo à sombra. O mundo esquentado das grandes ondas de calor não é para humanos e nem para a maioria dos seres da biosfera. Empurrava o mundo para mais perto do fim.

– Prefiro sexo a ficar pensando no que já nos aconteceu e no quanto tudo pode piorar.

Ela começou a beijar Ricabê e acariciar todo o seu corpo, até que mergulhassem na onda de prazer.

Gal viu o alerta de onda de calor com certo alívio. Isto lhe daria duas semanas de tranquilidade em seu escritório para vasculhar a AltWeb e tentar descobrir a identidade do desconhecido ciberperseguidor que ajudava Raskólnikov e Leka. Teria mais tempo para se preparar, seriam todos prisioneiros do calor. Pediu a Rumba, seu assistente IA, para ligar o ar-condicionado em 21C°.

Limites

Ricabê aproveitou que o período de onda de calor passou, para dar um pulo na universidade e avançar na seleção dos alunos. Mal chegou de volta a seu apartamento e Gal apareceu. Ele a abraçou e beijou com sofreguidão, mas Gal o afastou.

– O que você fez na minha ausência, trabalhou no curso?

– Terminei e já mostrei a Rãnagá.

– Puxa! Que boa notícia! Quero ver o curso e vou me inscrever para ele.

– Você acha mesmo que deve se inscrever?

– Por que não? Me interessa, você é um puta pensador, faz parte da minha trajetória no doutorado. Claro que vou.

– Eu falo porque estamos ficando.

– Ah, Ricabê, ficar não é nada extraordinário. É o normal da vida, toda gente fica e deixa de ficar. Já está até meio caído. Existem outros rolês mais excitantes. Por ora, estamos ficando. Mas talvez não fiquemos por muito tempo mais.

– Pensei que caminhássemos para algo mais estável.

– Como ter estabilidade quando a vida está em desequilíbrio incurável, querido? Estamos destinados à superfície mais exterior das relações.

Ela o puxou, beijaram-se, o calor queimava os corpos colados, ela tirou sua camisa, ele tirou a camiseta dela, como sempre sem sutiã. Beijou seus seios, foram meio trôpegos rumo à cama, tiraram o resto da roupa, ele a acariciou por todo o corpo com leveza, um tempo de excitação e ela pegou em seu pau para direcionar sua entrada. Foi quando o alarme que ela instalou foi acionado no sistema de Ricabê. O dois pularam da cama e foram até a sala ver o que acontecia. Era uma invasão hacker. Gal se sentou em frente ao teclado e começou a digitar vertiginosamente para isolar o malware, copiou e enviou para um endereço inexpugnável, envelopado em um código de proteção e camuflagem, para poder examinar com mais recursos em sua base e identificar a origem da invasão. Seu temor é que fossem sondas da gangue que queria a sua cabeça.

– Pronto, problema resolvido. Podemos voltar para a cama.

– Não sabia que você tinha essas aptidões.

– Tem muita coisa que você não sabe de mim, baby. Depois me mostra o programa, quero tanto ver.

– Você digitando no computador completamente nua me deixou louco.

Voltaram para a cama e fizeram sexo ainda mais intenso, após a inconveniente interrupção. Quando, finalmente, deixaram o quarto, Ricabê pediu a Rosie para projetar o curso. Ficaram horas conversando. Gal se levantou como se alertada pelo pôr do sol.

– Eu gostaria muito de ir ao apaga-pega com você, mas preciso voltar ao trabalho. Anda tudo muito intenso. Quero também identificar a origem da invasão para ver quem o ameaça.

O que não disse é que temia que seus inimigos estivessem tentando alcançá-la por meio dele.

– Posso ir com você?

– De jeito nenhum.

– Pelo menos pode me acompanhar à Alameda do Delírio para comprar peyote, caapi ou psilo?

– Por que você precisa disso?

– Preciso ser capaz de mergulhar fundo em mim mesmo, com um indutor da consciência transcendente. É o único meio para entender melhor o que se passa comigo. Outro dia masquei uma goma de LSD que uma aluna me deu e tive um relance.

– É uma pena, mas não posso mesmo, Ricabê. Mas conheço uma pessoa de muita confiança que lhe fornecerá um derivado seguro excelente retirado da mistura de peyote com psilo e entregará aqui. Volto ao nosso normal assim que resolver tudo.

Levou Ricabê novamente para o quarto com carícias que deixavam claro o que desejava. Uma hora depois, deixou a cama, se vestiu e saiu, na boca do apaga, sem prometer que voltaria. Estava preocupada com aquele evento. Podia não ter relação com seus problemas ou podia ser um começo de ataque direto à sua pessoa social.

Ao chegar na sua base, as telas não paravam de anunciar novas mensagens. Mas ela precisava ficar em baixo relevo, porque ainda não sabia que partes de seu sistema estavam comprometidas. Precisava se livrar de uma vez da ameaça de Raskólnikov e Leka. Havia conseguido, pelo menos pôr trackers para rastrear as andanças e comunicações do duvidoso russo e ver se conseguia, de algum modo, fazer o mesmo com o carrasco. Só então poderia eliminá-los com alguma precisão e segurança. Sem remorso. O planeta continuaria seu caminho para o fim, mas seria menos odioso.

Havia uma mensagem de @LitBlk, pedindo que ela verificasse se o código que havia escrito para deletar o arquivo com informações sobre seu grupo estava correto. Ela já havia colocado uma porta de entrada no servidor principal do sistema que invadiria para fazer a limpeza. Se tudo desse certo o malware poderia até ser descoberto, mas o algoritmo menor escondido no lixo, já estaria operacional, procurando o arquivo deles para deletar. @LitBlk era uma amiga cibertecno, ligada a um grupo de cibersabotadores que começava a chamar a atenção da divisão de ciberguerrilha da polícia cibernética. Era parte da revolução banarquista.

Examinou o código. Estava tudo bem, mas a linguagem usada era pouco segura. Reescreveu o código em Limbo 5.0, linguagem mais indevassável baseada em uma combinação ampliada da Limbo original e da Erlang. A Limbo rodava no sistema operacional Inferno. Ele foi modificado por uma cooperativa de codificadores que ela criou, gerando um novo OS de livre uso e autoria anônima, que chamou de ParadiseLost. O sistema operacional foi muito bem recebido e seu uso se generalizou vertiginosamente. A Limbo 5.0 foi desenvolvida por Gal para rodar no ParadiseLost e usado por uma comunidade fechada, mas seus artefatos, uma vez compilados, rodavam em qualquer sistema operacional, disponível para qualquer um com qualificação mediana.

Enviou o arquivo para @LitBlk. Seria muito mais seguro do que o original. O arquivo era cifrado e autodestrutível três minutos após ser aberto. Ela estaria pronta para ler sua mensagem, copiar, imediatamente o código antes que o arquivo se destruísse. Em outro endereço @LItBlk agradeceu, TKS.

Precisava examinar o artefato neutralizado no sistema de Ricabê. Antes que começasse, um de seus robôs assinalou informação nova. Trazia o nome verdadeiro de Raskólnikov. Como suspeitava, não era russo. Carlo Peñaforte, ex-contador de uma facção do tráfico russo, que se tornou poderoso banqueiro clandestino e especialista em lavagem de criptos. Ativou seus batedores para correr atrás dele e voltou ao caso que agora lhe parecia menor. A invasão do sistema de Ricabê.

Foi fácil verificar que era um malware espião programado para monitorar as comunicações e controlar as câmeras de Ricabê. Mas, a origem da invasão era estranhíssima. O computador usado era o da reitora da universidade, ao qual só ela tinha acesso. Era improvável, impossível que fosse ela. A reitora era bastante conhecida, não tinha muita intimidade com artefatos cibernéticos. Era um disfarce esperto. Ele só seria possível se a pessoa estivesse em alguma estação de trabalho do sistema da Cidade Universitária, o que a deixou ainda mais intrigada.

Sua atenção foi desviada pelo sinal que mais esperava. Os artefatos de rastreamento que disseminou encontraram uma fragilidade nos sistemas de defesa de Raskólnikov/Peñaforte e haviam penetrado nos arquivos fortemente cifrados e protegidos. Um deles lhe permitiu, finalmente, encontrar o meio de enviar seus trackers para ele e Leka. Quando tivesse os padrões de mobilidade dos dois, poderia determinar precisamente o melhor momento e o local para atacar.

Ricabê lhe havia perguntado, após a primeira saída no apaga se não conhecia nenhum limite moral. No ocaso, a ética foi abandonada há décadas. Não há condições para julgamentos de princípios na situação avessa em que se encontrava a população sobrevivente. Se houvesse algum limite, não teriam chegado a este momento agonizante em que se perdeu a humanidade. Ele é que precisava encarar o concreto da vida e se livrar de seus escrúpulos fora de época e lugar. Restou a ética da sobrevivência a qualquer custo. Como os acordos mínimos do apaga aos quais todos concordavam respeitar para não acelerar o decaimento.

Lembrou-se dessa conversa porque estava prestes a fazer algo que nunca fizera antes e, também, se dera conta de que ela mesma usou um critério moral para recusar o job para um genocida e seu agente financeiro. Nunca lhe contaria que havia descoberto uma barreira moral diante de gente como Leka e Peñaforte. Agora, enfrentava novo dilema moral que desafiava seu autojulgamento. Uma coisa é matar no apaga-pega, cara a cara, em legítima defesa, contra um ataque glocker. Se não reagisse com rapidez, morreria. Igualdade de armas. E estava nas regras do jogo, quem entrava sabia que era para matar ou morrer. Bem diferente é atacar remotamente, como medida preventiva, sem se expor.

Ela hesitava em começar essa viagem sem volta. Pensou em recorrer a @Batty, mas seria a mesma coisa e covarde, porque ela tinha os meios para fazer o que precisava.

Estava mergulhada nesses pensamentos sobre os paradoxos criados pela ruína da sociedade humana, quando a tela que mostrava a localização dos dois emitiu um sinal, indicando que estavam em posição ótima para o ataque. Examinou o mapa detalhadamente, expandiu a imagem de satélite até conseguir ver que os dois estavam juntos, sentados em um banco na Praça da Cabala. Era, de fato, a melhor opção. Não tinha mais tempo para divagações morais, era hora de agir ou perder a oportunidade e ficar vulnerável. Programou a trajetória do drone e uma outra tela passou a mostrar seu trajeto. Ele chegou à praça quando os dois se preparavam para sair. Antes que se levantassem, viu a explosão e o sinal dos dois se apagou. @B3C3D3, ou Raskólnikov, ou Carlo Peñaforte, e @DRL, ou Viktor Leka, não representavam mais perigo para ela ou para qualquer outra pessoa. Seus associados e clientes poderiam investigar o que aconteceu com eles, mas representavam um risco secundário.

Gal deixou o trabalho atormentada por sentimentos que se atritavam em sua mente. Havia agido em defesa própria. Matou, porém, sem se expor. No apaga, usava as Hellcat porque eram armas curtas e podia ser morta por qualquer um que a superasse. Era um esporte de vida ou morte. Um novo e mortal MMA. Ou uma versão debochada dos remotos duelos de séculos muitos anteriores. Até então, só havia usado os drones como defesa de sua base. Era armas de precaução e dissuasão. Nunca precisou usá-los contra alguém. Foi atacada, pela primeira vez, no escritório de @Amina, que não existia mais. Não reagiu. Ela se perguntava se havia ultrapassado algum divisor de águas. "Na terra em que estamos, não há mais sentido falar em certos ou errados. Só em atos necessários ou dispensáveis. Fiz o que era necessário para minha sobrevivência. Na luta para sobreviver no fim do mundo, vence quem é mais forte e perseverante." Se sobrevivesse, escreveria sua tese sobre este paradoxo.

Chamou um autodirigível elétrico e digitou o endereço da casa de seus pais na ponta da Cidade Universitária onde ficava o Quilombo. A IA perguntou se queria música. Ela respondeu que queria silêncio absoluto. Imediatamente deixou de ouvir o barulho da rua e, até mesmo, o ruído do atrito dos pneus do veículo no asfalto. Disse que não queria ver as ruas e as janelas se tornaram opacas. Gal aproveitou para trabalhar no trajeto. Fechou o computador e só o guardou na mochila, quando o carro parou em frente ao Passeio da Luz, um dos acessos à Cidade Universitária. No campus não era permitida a entrada de qualquer tipo de veículo.

O nome do Passeio não era uma referência à perdida finalidade iluminista da universidade. Ele tinha postes de luz com câmeras de vigilância por toda sua extensão, que ficavam acesos até mesmo nos apagões. Eram dispostos de tal maneira que não havia zonas de sombra. Quando o alcance de um se esgotava, a luz do próximo começava. Ao sinal de qualquer violência, drones equipados com armas letais e bombas de gás paralisante eram direcionados para o local em questão de segundos. Uma linha de luz azul marcava todo o trajeto como seguro. Os postes tinham, adicionalmente, câmeras que acionavam os drones imediatamente. Tudo controlado em tempo real e ininterrupto por inteligência artificial ultra-avançada.

O incidente

Gal usava a casa dos pais como referência-raiz e porto seguro. Era onde se confortava e a vida lhe parecia um pouco menos cruel. Desta vez, chegou a tempo de encontrar os dois se preparando para almoçar. Sentou-se para comer com eles e conversaram amenidades durante toda a refeição. Era confortador estar em um lugar sem conflitos, embora com diferenças de pensamento. Quando eles foram trabalhar, seus escritórios eram na própria casa, ela foi até a sua morada no Quilombo tomar um banho e trocar de roupa. Em seguida tomou a Aleia dos Graffitis rumo à casa de Ricabê.

Antes de chegar, teve que interromper o trajeto, dar meia volta e retornar à casa dos pais. Ela recebeu um alerta, ao mesmo tempo, em seu celular e no relógio de ataque ao sistema na casa deles. Era a primeira vez que acontecia. Gal mantinha com eles um computador para tarefas urgentes e uso cotidiano, quando necessário. Todos os computadores na casa estavam ligados a uma rede segura, monitorada e protegida por um sistema robusto de segurança, até agora impenetrável, que ela mesma desenvolveu. Qualquer tentativa de login na rede ou invasão, além de bloqueada, gerava um alerta para todos os seus equipamentos.

Começou a correr, para abreviar sua chegada. Tirou o notebook da mochila que trazia no ombro esquerdo. Executou os comandos para login de emergência e ativou um de seus agentes de análise de rede e outro para vasculhar tudo que estivesse armazenado nas máquinas. Como esses aplicativos operavam em plano de fundo, seus pais nem perceberiam o que acontecia. Quando entrassem em seus sistemas, tudo pareceria normal. Acrescentou duas novas camadas de proteção na rede familiar, tirou a Kawasaki Ninja Eco 3 da garagem integrada à casa, disfarçada como outro quarto, saiu em disparada para a Zona Central. Ao chegar, fez minuciosa verificação em sua base todos os equipamentos. Surpresa. Seu reduto não havia sido violado.

Os resultados da varredura nas linhas de código da tentativa de invasão a intrigaram ainda mais. Abriu o novo código, que era autoexecutável, em uma caixa de areia, totalmente isolada para o examinar e testar. Era um engenhoso exemplo de codificação. Percebeu duas linhas estranhas e cifradas. Levou algum tempo até que o agente que desenvolveu para decifração de códigos as abrisse. Elas continham uma enxurrada de outras linhas, pelas quais Gal conseguiu determinar o objetivo do malware. Ele buscava informações sobre ela e, especificamente, evidências de que fosse uma hacker. Ficava adormecido, embutido em uma mensagem falsa da administração da universidade e bastava a abertura de qualquer aplicativo para ele entrar no sistema e copiar informações específicas. O exame do spyware que encontrou no computador de Ricabê teve o mesmo resultado. Era um achado estranho. Por que tentar invadir o sistema da casa de seus pais e de seu companheiro eventual, deixando sua base de operações intocada? Só se quem o programou conhecesse Gal e suspeitasse que fosse uma cibertecno especializada em todas as modalidades de hackerismo.

Lançou mineradores para ver se encontrava algum indício de que procuravam saber se era uma hacker. Nada encontrou. Ninguém tinha relação com Gal, só com as @s que atuavam como hackers. Teria que pensar fora da caixa, imaginar o imprevisto, examinar situações excepcionais para chegar ao culpado por aquela tentativa frustrada de penetrar na rede que montou na residência de seus pais e no computador de Ricabê. Não era uma perseguição, apenas alguém desconfiava que fosse uma ultratechie e queria ter certeza. Tinha que estar entre as pessoas com quem interagia na Cidade Universitária.

Sentia-se cercada por pessoas invisíveis, em busca dos mais delicados aspectos de sua personalidade, aproximando-se do segredo que ela guardava em uma fortaleza digital indevassável. Chegavam à intimidade de seu pequeno círculo afetivo. Deixou o escritório e foi à Alameda do Delírio, mais especificamente à loja Lisergia, onde se anunciou como Zaira, dizendo que desejava falar com TéKa. Seus trajes como Zaira consistiam em um moletom preto com capuz. Escondia os dreads em uma toca e ainda puxava o capuz sobre a cabeça, era o nome que usava apenas na Alameda do Delírio e apenas com dois fornecedores, TéKa, para os preparados lisérgicos, e Arduíno, Ardê, para os derivados individualizados da cannabis. Se sua identidade como Gal ficasse comprometida, Zaira não seria associada a ela. TéKa apareceu tão logo Zaira lhe foi anunciada e a levou para sua sala reservada. Disse que precisava de ETH-LADPlus e Mescalina D^5. São substâncias psicodélicas que ampliam a capacidade de resolver problemas e permitem encontros em outra dimensão de consciência. A fornecedora pediu que esperasse um momento e saiu para o interior do prédio. Eram produtos caros e difíceis de obter, por serem controlados pelas seitas e irmandades. TéKa os reservava para algumas pessoas da exclusiva lista de clientes especiais, da qual Zaira fazia parte. Voltou com dois pacotes e lhe entregou. Também pediu Psilocin, da menor dosagem, um composto de Peyote e Psilo, que é gerado na interação no organismo entre os dois cogumelos e induz a um estado elevado de consciência. É produto de prateleira, bem mais disponível. Em dosagens muito fortes provoca alucinações. Um cientista conseguiu obtê-lo em laboratório e produzi-lo em cápsulas, com várias dosagens diferentes. Ela fez a transferência de Alt$ da conta de Zaira, agradeceu e deixou a loja. Pediu a TéKa para entregar o Psilocin na casa de Ricabê mas, repente, decidiu levar ela mesmo. Uma vacilante despedida.

Ao chegar, lhe entregou o frasco. Ele agradeceu.

– Conseguiu resolver os problemas no trabalho?

– A maioria sim. Há uma pendência cuja solução começo a sacar, mas ainda estou muito longe de resolver. Vou usar o ElPls para me ajudar a pensar fora da caixa, sem padrões, por caminhos heterodoxos.

– ElPls? Não é mais forte do que o LSD, com manifestações mais alucinógenas?

– É mais forte, sim, mas o efeito alucinógeno é bem rápido, foi mitigado na fórmula plus e aumenta muito a acuidade mental.

Ela resolveu mudar de assunto e informou que ficaria longe por um período bem mais longo do que havia previsto, envolvida em um trabalho muito complexo e perigoso. Ele não insistiu em perguntar o que era. Sabia que ela não diria. Apenas a abraçou, sentiu seu calor subir por suas pernas, ela apertou mais o abraço, começaram a se beijar. Ela começou a tirar sua roupa, com uma pressa nada habitual. Foram para a cama e fizeram sexo com aflita intensidade. Algum tempo passado, tomou uma breve ducha fria, vestiu-se e disse que precisava ir. Ele lhe recomendou cuidado e, se pudesse, alguma notícia de quando reapareceria. Acariciou seu rosto e saiu. Pouco depois, começou novo apagão.

Seguiu direto para seu local de trabalho, atenta aos perigos do trânsito desvairado do apaga. Ao chegar, ativou as defesas de seu reduto. Pesadas peças de aço blindado deslisaram sobre as portas e janelas, bloqueando todos os pontos de entrada. Totalmente segura, praticamente imune a ataques físicos ou virtuais, podia começar seu experimento com o ELPls, como era chamado o ETH-LADPlus na comunidade de psiconautas. Essa versão resultou da modificação da substância para abreviar o efeito alucinógeno, anular flutuações emocionais e aumentar a criatividade e a rapidez de raciocínio.

Preparou uma dose de 100 μg, misturou com chá de gengibre, sentou-se confortavelmente e esperou a primeira onda. A mais curta, de distorções visuais e cromáticas. Logo estava imersa em um universo de fractais de cores iridescentes. Tinha todas as cores invisíveis, as misturas improváveis de luzes complementares, cores metálicas extraterrestres, as verdadeiras cores de Marte, os multicores anéis de Vênus, as chamas irreais de uma supernova, as não-cores de um buraco negro. Deixou-se levar pela dança alucinada dos simétricos fragmentos geométricos. Mergulhou no complexo mar das ilusões óticas e flutuou, nadando em nuvens de cor. Sabia que a percepção de tempo seria outra e aquela jornada por estrelas análogas e móveis pareceria durar dias inteiros.

Quando a onda de enigmáticas formas recursivas passou, ela foi assoberbada por uma explosão criativa, uma vertiginosa sequência de pensamentos. Teria que aproveitar o transe para buscar uma solução fora do padrão para enfrentar o misterioso atacante de sua vida privada, inteiramente separada da vida profissional. No universo cibertecno nunca houve uma Gal. Ela pertencia à casa, não à ciberesfera. Era exclusivamente a universitária, aluna do doutorado em crítica cultural do Departamento de Filosofia. A filha de professores universitários. A que estava ficando com o professor Ricabê. A adepta das raves. Mas esta última qualidade era compartilhada por uma confraria de iguais e não havia possibilidade de retaliações pelo que acontece no apaga-pega, cuja única lei dizia, "você entra nesse jogo de tudo ou nada, sabendo que pode perder a própria vida e todos aceitam matar ou morrer, em igualdade de armas, nele não há direito ao arrependimento, ao ressentimento, nem à vingança". As raves eram a desvairada celebração de mais um dia de sobrevida.

Sentou-se em sua estação de trabalho e começou a digitar furiosamente o que pensava. Só seus dedos biônicos eram capazes de acompanhar a vertiginosa enxurrada de ideias. Precisava aproveitar o surto de criatividade. A vantagem da ElPls é que ela elevava o grau de consciência, potencializa aptidões, permite usar o cérebro e criar sem censura e sem reserva. Escreveu as possíveis fontes de ataques. O importante não era descobrir quem poderia ser o atacante. Fundamental era descobrir a razão da investida e a extensão do risco que ela trazia. Um pensamento cruzou seu cérebro como uma estrela cadente, "são eventos independentes" e seus dedos transcreveram para o teclado no mesmo instante. Porém, por mais inocente que fosse sua curiosidade, ainda que involuntariamente, era uma ameaça à verdadeira identidade de Gal, Ngalula.

Após três horas de iluminadas alucinações, que lhe pareceram poucos minutos, sentiu que a velocidade de raciocínio diminuía. Foi desacelerando, até ficar tudo aparentemente parado. Em menos de uma hora, havia voltado ao nível normal, que não deixava de ser bem animado. Em seguida, progressiva letargia a fez dormir.

Ao acordar, olhou suas anotações e gravações e viu que a ameaça nada tinha a ver com os episódios recentes, mas precisava, de algum modo, ser neutralizada, por ameaçar seu verdadeiro nome. Isto apenas a levava a uma busca quase impossível. Precisava de algo mais específico. Estava com fome e com sono depois daquela viagem. Comeu um sanduíche bem generoso que trouxe de casa, dois copos grandes de vitamina de frutas clonadas e um composto natural de proteína vegetal. Caiu na cama e apagou de novo.

Gal precisaria de pelo menos 48 horas antes de recorrer à mescalina e ver se ela lhe ajudaria a preencher as lacunas deixadas por seu raciocínio acelerado. Precisaria ir além do pensamento criativo e do exercício de associações de ideias para resolver esse mistério. Teria que revisitar da forma mais próxima e realista possível os eventos de seus últimos meses, talvez anos. Esperava que a mescalina lhe permitisse fazer essa regressão. Ou que a levasse ao mestre. "São eventos independentes", a frase que havia escrito no estado de hiperativação do pensamento a perseguia e intrigava. Breve e direta, ainda assim, podia significar tantas coisas.

Precisava de algo mais concreto, mais físico, ao mesmo tempo gentil e afetuoso, coisas tão raras nos tempos que vivia. Decidiu procurar por Ricabê. Desprezou o perigo. Quantos outros, tão mais violentos enfrentava no seu cotidiano?

Mestre Zu

Gal se sentou no colo de Ricabê e começou as carícias que se completaram na cama em sexo movido a carência e desejo. Acordaram o dia seguinte ainda desejosos um do outro e voltaram às carícias que fundiam amor e sexo, ainda que fosse um amor passageiro. Depois de tomarem o obrigatório café feito por Gal, ele foi até a estante. Escolheu um livro e lhe deu.

– É presente, tenho duas cópias. É uma raridade, livro em papel. Acho que você vai gostar. É tipo ficção ciberpunk sobre um grupo de hackers que se chamam de bruxos. Quando o Vinge o escreveu, há muito tempo, continuava a não saber muita coisa de cibernética. O livro tem vários ensaios curtos inspirados na novela que está ao final.

Gal perdeu o fôlego. O que teria levado Ricabê a lhe dar o livro de ficção hacker, True names... and other dangers? Ela já o havia lido, ainda na adolescência, mas não em papel. Foi uma das inspirações para se tornar uma techie hacktivista. Mas ela nunca havia falado nada disso para ele, ou para qualquer outra pessoa. Era seu segredo inviolável. Mostrava um ponto fraco que, se descoberto, levaria a Ngalula, com a descoberta de seu nome verdadeiro. Aceitou o livro, mostrando interesse e disse que o leria e depois conversariam sobre ele. Ela se vestiu e começou a juntar suas coisas. Perguntou se ela já estava de saída. Gal disse que voltaria antes do apaga para buscarem uma rave.

– Gal, para que sair no apaga? Não é melhor ficarmos aqui? Não tem como acabar bem.

– Ora, Ricabê, vivemos minuto a minuto. Como escreveu a Jamila Ban, a vida é a coleção do já vivido, será boa se cada momento for aproveitado plenamente e com a máxima intensidade. O passado é só a memória da vida. Viver não está no futuro, está no imediato. Estamos nos estertores, Ricabê, tudo deve ser experimentado. Não existe pecado deste lado em que estamos. Na iminência do fim do mundo tudo é permitido.

– Será que é disso que os legionários estão falando?

– Não sei, Ricabê, talvez seja mesmo só uma autoficção sobre o fim do mundo. Vamos a uma rave?

– Não está gostando de ficarmos aqui?

– Estou, mas a rave é totalmente outro barato. Seu braço ficou bom? Ficou com medo?

– Eu nunca deixei de ter medo. Mas, desde que você me levou para o apaga, eu mudei por dentro. Não estou reclamando. Hoje sou duas pessoas, o professor e o monstro. O monstro foi se formando em mim devagar. Mas um ou outro, não importa, sinto medo.

– Eu só lhe mostrei o que existe fora da bolha acadêmica em que você vivia. Você quis sair no apaga, procurar algo novo, que o fizesse palpitar, que renovasse sua vida.

– Você não vê, Gal, como isto tudo é muito perigoso. A gente sair armado para a rua arriscar a morrer ou a matar outra pessoa.

– Hoje, viver é, mesmo, muito perigoso. O resto é consequência Ricabê. Não há tempo, nem lugar para julgar o que é certo e o que é errado. Há muito nada está certo. Estamos numa guerra permanente, onde o único valor que conta é sobreviver. Medo de que? Vamos todos morrer.

– É, você já me disse isso. O Sombra também.

– Quem diabos é o Sombra?

– O monstro que sou.

– Que besteira! Os monstros são os outros.

Ela o beijou e deixou seu apartamento, voltou quando o apagão era iminente, vestida com um macacão guarnecido pelos recursos necessários à aventura noturna de perigo total.

– Vamos?

Ele ficou parado. Ela abriu a porta para sair só. Ele tirou a arma da gaveta e saíram. Desta vez, Gal estava em uma Damon Hypersport EV10, a moto elétrica mais rápida disponível, 400 Km/Hr, 1500 Km de autonomia. Todos os veículos eram remontados por robôs, usando partes funcionais daqueles já inviáveis. Os super-ricos estavam trabalhando na criação de uma montadora multimarcas, capaz de montar veículos de qualquer marca e modelo, por encomenda e de desenvolver melhorias na tecnologia de todos.

Saíram em disparada rumo ao centro. Deu para ele perceber quando passaram o Barsenal, com os anúncios de armas, mais adiante, cruzaram a Alameda do Delírio e seu coração parou de bater, quando se deu conta de que estavam para entrar na Zona Interditada. Uma grande parte da cidade havia sido demarcada como área proibida. Os que se aventuravam por ela tinham probabilidade quase zero de sobreviver.

– Ficou maluca? O que vamos fazer na zona de interdição, é morte na certa.

– A rave é lá dentro. Desta vez não vamos a pé. Vamos de moto até o final. Mas fica atento porque vão querer nos pegar. Você cuida dos que aparecerem a pé e deixa para mim os motorizados. Vê a bolsa na lateral da moto? Abre, tem óculos de visão noturna, vai ajudar. Na Zona Interditada tudo é permitido.

Só então ele notou que ela já estava de óculos. Abriu a bolsa, pegou os óculos e vestiu. Era impressionante, podia ver tudo com nitidez, embora fosse total a escuridão. Empunhou a pistola e ficou atento aos movimentos que percebia ao longe. Viu os faróis de um carro que se aproximava, Gal fez uma manobra evasiva perfeita, surpreendendo os que estavam no carro. Ela gritou para ele atirar na janela de trás, enquanto ela disparava contra a dianteira. As balas zuniam no ouvido de Ricabê, mas ele continuou atirando. O carro atacante mudou a rota num repente e bateu violentamente contra um poste. Dois homens saíram dele atirando. Caíram abatidos por tiros de Gal. Ele estava sem munição e, antes que pudesse trocar o pente de sua pistola, ela fez uma curva improvável, tão fechada que ele quase foi atirado da moto. Viu o pequeno míssil lançado das sombras contra eles explodir no carro que os atacou e entendeu a manobra. Ela acelerou a moto e conseguiram finalmente ver as luzes da rave ao longe.

Gal entrou por um beco ao lado do prédio onde a rave acontecia, ele guardou os óculos. Um portão abriu e ela entrou numa garagem. O pesado portão fechou atrás deles. Estacionou perto de uma porta, subiram as escadas e entraram no salão. A música entrou pela pele de Ricabê, dando-lhe energia que não tinha. Gal levou-o até o bar, pediram drinques à base de gin. O resto foi delírio, sonho, imagens difusas das quais se esqueceria no dia seguinte. Dançaram, depois ficaram encostados numa parede se beijando, dançaram, beijaram, beberam, até o sinal de que a festa estava acabando. Saíram, montaram na Damon, Gal acionou o motor elétrico e deixaram a garagem para o sol implacável da manhã. Ricabê mal podia enxergar com a visão ofuscada pela claridade súbita. Foram direto para sua casa e para o quarto. Fizeram sexo inebriado, dormiram sem se importar com a luz. Acordaram no meio da tarde.

– Aquele míssil não era parte do apaga. Ele indica uma grande complicação que vou demorar a resolver. Não posso dizer mais, porque não quero o tornar alvo involuntário da confusão em que estou metida. Vou sumir por um bom tempo. Nesse período realmente não encontrarei tempo para nós. Vamos dar um tempo. Enquanto não resolver isso tenho que submergir.

– Tem algo a ver com a ciberinvasão em meu computador? Eu quero ser alvo a seu lado.

– Não tem a ver com você, só comigo. É muito grave e jamais permitiria que se tornasse alvo a meu lado.

– Fora no apaga, não é?

– O apaga é nosso brinquedo, meu bem. Tchau.

Ele não soube o que dizer. Apavorava-se com a ideia de Gal desaparecer de sua vida. Beijaram-se e ela fez um grande esforço para não transformar a despedida em um adeus sem volta.

Ao chegar, blindou sua base, fez um chá com o mescal e tomou. Logo se viu envolta por imagens insólitas, formas mutantes pintadas por Dali que derretiam, deformavam. Sentiu todas as moléculas do seu corpo acelerarem. Voava veloz por entre extravagantes formações incógnitas. Desintegrava-se em células de cores conflitantes dispersas no ar, como um enxame feito só de partes mínimas de si e logo se fazia gasosa. Num repente, uma parada abrupta interrompeu o deslocamento ultra-acelerado que a projetava em um plano onde tudo era liquefeito, era como mergulhar em translúcido lago de espesso óleo trespassado de todas as cores do universo. Sentiu o chicote, o tranco, a queda. O relógio de Dali contava segundos dilatados em sua desfiguração melada. Tudo voltou a acelerar e Gal entrou na segunda onda, um tsunami de calor subiu dos pés à ponta dos cabelos. Em seguida, tudo se fez muito frio, tremia e batia os dentes. Surfava uma geometria surreal de elementos fluidos e cores inexistentes, uns ferventes, outros congelantes. Ela se liquefez e se fundiu naquele mar ondulado de mercúrio multicor. Quando ficou novamente sólida, o mar se transformou em vapores boreais e seu raciocínio acelerou em sincronia com o voo de seu corpo à velocidade da luz. Viajava pela mais insólita das morfologias. Mergulhava em outra dimensão da realidade. Transitava para outro universo. As ilusões óticas não a impediam de ver os contornos desse outro universo, de cores intensas de elementos desconhecidos. Logo, tudo se acalmou, sentiu um bem-estar inesperado e bem-vindo, uma inédita lucidez. Pensava com absoluta nitidez, impulsos quânticos alimentavam seu raciocínio. Ela construía uma nova hipótese sobre os ataques que sofreu e eles não tinham mesmo relação com a ciberinvasão no sistema de Ricabê e de seus pais. Havia duas ações em curso contra ela, a do stalker e a do míssil. Uma queria descobrir o que a pessoa chamada Gal escondia, arriscando descobrir Ngalula. A outra, sem romper a teia de suas heterônimas, se aproximava de Ngalula sem perceber sua existência. Mirava Gal para aniquilá-la fisicamente e representava ameaça fatal para ela. Devia neutralizar os dois perigos.

A imersão a levou ao estágio mais profundo de meditação. Mentalizou a Cidade Universitária em um dia de aula. Caminhou pelo Campus virtualizado em sua mente examinando as pessoas com as quais cruzava, procurando algum sinal que indicasse uma atitude anômala. Ao mesmo tempo, seus algoritmos investigavam professores e alunos, para ver se encontravam pegadas digitais similares às do atacante. Ela nada via de anormal. Em um evento ocorrido há alguns meses, em que quase todos os estudantes e professores se reuniram na praça central, ela percebeu um olhar que não era natural. Mas não identificou quem a olhava. Foi tudo muito rápido, um relance, um brevíssimo momento. Tentou se fixar no olhar e ver se voltava a ele, mas não conseguiu. Continuou sua caminhada, até chegar ao Departamento de Filosofia, passeou pelos corredores do prédio, entrou na secretaria, nas salas de professores, na sala de aula. Era a aula da professora Rãnagá. Olhou detidamente os alunos, viu-se na segunda fila de carteiras. Estava concentrada no que Rãnagá falava. Viu-se fazer uma pergunta e, novamente, um olhar a incomodou. Quis identificar o colega que a olhou daquela forma, mas não conseguiu. Deixou a sala de aula e foi até o ginásio de esportes na parte externa. Era uma competição de judô. Circulou seu olhar pela plateia e nada viu de diferente. Estavam todos interessados nos dois lutadores no tatame. Em dado momento, vislumbrou aquele olhar que mexia com ela. Nunca havia percebido esse olhar incômodo nas suas idas regulares à Cidade Universitária, mas o que seu inconsciente lhe dizia é que ela o havia visto mais de uma vez, ele a incomodou, mas não lhe deu atenção. Aconteceu outras vezes, em momentos diferentes. Percebeu que chegava próximo de interromper sua viagem pelo universo mais inacessível do inconsciente. Mas, agora sabia que o stalker era colega de curso.

Foi quando o viu. Um xamã, de idade indecifrável, que sentia ter conhecido por toda a vida, mas nunca havia encontrado antes.

– Mestre Zu...

– Minha cara Ngalula, finalmente você veio até mim. Sua aflição nasce da terra que você pisa. Terra ferida só produz frutos maus.

Gal estremeceu, "ele sabe meu nome verdadeiro, meu nome oculto".

– Mestre Zu, quem me persegue?

– Olhe para mais perto dos outros do que de si. Você é mais poderosa que seus inimigos, mas pode ser frágil perante os próximos da outra. Não são os fraternos, nem os enredados no seu feitiço que ameaçam você. Os próximos que a outra comanda são verdadeiramente uma ameaça existencial para você. O que mais a incomoda no momento é inocente pescador que a ameaça. Olhe para a outra.

Antes que pudesse fazer alguma das milhares de perguntas que se formaram à velocidade de alucinação em sua mente, Mestre Zu se dissipou, nuvem-nada. Ela seguiu caminho por aquele domínio extraterreno, como uma exploradora sem rumo. A percepção hiperaguçada abria-lhe a mente para novas hipóteses, mas ali, em terra incógnita, perdeu rumo e propósito. Uma luz apareceu, como uma aurora boreal, uma luz tinta de sangue, bordada de ouro, atravessada por sombras brilhosas. Gal caminhou na direção daquele ser luminoso e móvel e se deixou envolver por ele. Uma tranquilidade reconfortante a embalou na volta à consciência cotidiana. Passado o efeito da mescalina, entrou no estágio de desaceleração dos sentidos e dormiu.

A Expedição

"Conseguimos avançar por entre as ondas, descobrimos que elas têm movimento. São turvações vaporosas e muito tóxicas. Conseguimos deslindar a falha que funde espaço e tempo. Este soluço no tempo é um salto espaço-temporal. Temos uma névoa espessa e escura diante de nós. Será necessário atravessá-la para saber o que há depois dela. Antes, precisamos ajustar nossos equipamentos. O ambiente é muito ácido. Estamos na fronteira do tempo perdido. (@Timeliner)"

"@Timeliner nos apresentou alguns indícios de que diz a verdade. O método por ele utilizado para fazer a busca nas falhas no tempo é robusto. Esperamos ansiosos o resultado da nova expedição. Os Invasores convidaram dois legionários como companheiros de viagem. Nossa esperança é que a expedição possa nos trazer respostas ao voltar do tempo perdido. (@MestreInvasor)"

"Estamos ansiosos na preparação para entrarmos no território de névoa pela falha do tempo, em busca do tempo perdido. @Timeliner conhece bem o terreno até a beira da névoa. Será uma travessia muito exigente. Teremos que superar o miasma desconhecido que tudo cobre. No momento, estamos selecionando os equipamentos que podem nos proteger desse vapor tóxico. Partiremos em seguida. Sou grata aos Invasores que me convidaram para me juntar à expedição. Eles me autorizaram a fazer este diário de campo para os legionários. Está conosco também @Fireman, um legionário de coragem impressionante. Os Invasores, mais conhecidos como Raiders, formam uma comunidade fechada cujas explorações são rigorosamente supervisionadas pelo @MestreInvasor. Cada equipe age com independência total, mas tem que validar seus achados com o coletivo. Este grupo que entrou pela primeira vez nessa região desconhecida é formado por Invasores experientes e ousados. @Timeliner é formalmente o guia e coordenador da expedição. (@Cybil)"

"Estou preparado para enfrentar o desconhecido na companhia dos Invasores. Temos conosco também a lendária @Cybil, legionária que já fez expedições históricas nos limites da franja com sua companheira @Nezin. É um grupo poderoso, se alguém pode descobrir algo no tempo perdido é esta equipe. Somos sete. Sairemos em breve para o território mais incógnito da história humana na Terra. Temos a esperança de descobrir algo que nos ajude a adiar o fim do mundo. (@Fireman)"

@Aisha recebeu uma mensagem cifrada dos Legionários. Decodificada dava notícia do início da histórica expedição conjunta entre Os Invasores do Tempo Perdido e os Legionários da Franja. Estão no grupo @Cybil e @Fireman. A legionária @Nezin faz parte da equipe de rastreamento com duas Invasoras e o próprio @MestreInvasor.

A expedição está na borda de uma névoa tóxica, depois da zona de ondas estranhas que @Timeliner descobriu. Gal sabia que estavam prestes a fazer uma descoberta essencial para a sua geração. Talvez interrompesse o declínio e teriam tempo para o reverter. Não poderia acompanhar a busca em tempo real porque precisava se concentrar em seus próprios problemas. Mas programou um robô para receber notícias dos avanços que fizessem. Confiava muito em @Cybil e havia indicações de que @Timeliner era muito habilidoso nesse tipo de expedição. Foi posto em dúvida por seu próprio mestre, mas conseguiu demonstrar a veracidade de sua investigação. @Fireman é ousado, às vezes impulsivo demais em situações extremas como esta. Sabia que ele admirava @Cybil e tinha a esperança de que ela controlasse os impulsos dele.

Ricabê lia regularmente os relatos da expedição. Achava cada vez menos plausível que, nesse tempo louco, aquelas postagens meio cifradas fossem apenas ficção. Ele já não desacreditava em nada mais, depois de ter descoberto a insuspeita vida na noite apagada. Tudo era possível no limite da existência. Queria discutir essas novidades com Gal, mas ela não aparecia. Estava enrolada com algo no seu trabalho. O que ele lia continha revelações tão fantásticas que bem podiam ser verdadeiras, e ainda havia essa junção entre os Invasores do Tempo Perdido e os Legionários da Franja. Ele começava a duvidar de que fosse apenas uma Wikificção. Parecia um mundo virtual construído coletivamente para interferir no mundo físico. Talvez fosse parte da vastidão do que não sabia sobre sua, como chamá-la, companheira, amiga, parceira. Ele não era capaz de definir o que havia entre os dois. Gal era o seu mistério.

Ngalula sabia que precisava superar as confusões que vinham prejudicando seu discernimento, por isso precisava buscar o retiro com os monges. Era uma operação profilática, de limpeza da mente, afastando tudo que a impedisse de ver o essencial. Conhecer a última fronteira do ocaso e deslindar o que havia no tempo perdido eram tarefas fundamentais, mas coletivas. Sua sobrevivência e preparação para chegar ao ponto sem retorno ou de reversão do ciclo terminal do planeta eram tarefas essenciais e rigorosamente pessoais. As previsões variavam. Os pessimistas diziam que todo o planeta se tornaria inabitável. Os mais serenos diziam que subsistiriam algumas raras áreas habitáveis. Ela sabia por suas navegações pelo oceano de códigos que compunham a ciberesfera que, em vários lugares, estavam prestes a concluir a construção de domos que dariam uma atmosfera controlada, correspondente à mediana das estações na antiga zona temperada do planeta. Seriam cinturões de sobrevivência. Na sua cidade o domo cobriria apenas os condomínios-bunker, a Cidade Universitária e alguns outros locais de interesse dos super-ricos. Por isso os Legionários estavam construindo por meio de robôs um túnel climatizado entre a Zona Central e a Cidade Universitária e outro que daria dentro do Éden. Era a via subterrânea da revolução banarquista.

A menos que descobrissem, em tempo hábil e simultaneamente, um planeta habitável para o qual todos pudessem migrar e uma forma de viajar além da velocidade da luz, o tão cobiçado salto intergaláctico. Planetas habitáveis havia muitos. Provavelmente muitos deles habitados. Era o consenso dos cientistas. O que estudam há muitas décadas, ainda sem resposta, são as tecnologias capazes de permitir ao ser humano atravessar a vastidão eterna das galáxias.

A dobra do tempo era uma delas, a possibilidade de dobrar o espaço-tempo em torno de uma nave permitindo que viajasse além da velocidade da luz, sem quebrar a lei da física de que nada pode se mover a velocidade superior à da luz. A ideia é que se criando uma dobra no espaço-tempo, haveria o encurtamento do espaço em frente à nave e a expansão do espaço atrás dela. A nave poderia se mover a velocidade superior à da luz em relação a seu local de partida, mas em sua posição ela não estaria viajando acima dela, portanto respeitando as leis da física.

Um outro grupo, de otimistas incuráveis, acha que seria possível desenvolver uma tecnologia baseada na hipótese das dobras no espaço fazendo com que duas localizações espaciais longínquas se tocassem, eliminando a distância e o tempo de passagem entre elas. Outros procuram desenvolver um hiperpropulsor que permitiria viagens por "saltos" através do hiperespaço.

Um grupo de físicos notáveis tenta encontrar a solução de Einstein, conhecida na literatura como *wormwhole,* a ponte Einstein-Rosen. Se encontrassem a equação correta, a partir da teoria da relatividade, seria possível abrir túneis, os buracos de minhocão, entre diferentes pontos do espaço-tempo.

Em todos esses casos, a ideia é escapar da lei que limita as viagens à velocidade da luz, permitindo cruzar grandes distâncias interestelares. A busca continua. Ninguém sabe se uma solução aparecerá antes que seja tarde demais.

Gal e Ricabê tentavam lidar a seu modo com a loucura em que viviam, resultado da insensatez humana. Para ela, a vitória da insensatez eliminou a possibilidade de qualquer prudência, o caminho era aceitar o caos e aprender a nele sobreviver e encontrar um caminho para interromper a derrocada planetária. Ele vivia em luta interior. Um lado seu acreditava que o absurdo da vida contemporânea era compatível com uma vida mais organizada e esperava que a ciência salvasse a humanidade do desastre final de alguma forma. Esse Eu racional, porém, desacreditava de si. O Sombra, sempre inquieto dentro dele, lhe dizia que a única forma de existir neste mundo era abraçando o caos. Seu lado sombrio era confiante e exaltado.

Consumido por esta batalha interna, Ricabê se sentia mais forte com Gal a seu lado.

Ela sabia que seu envolvimento com ele não podia ser durável. Suas vidas eram diferentes demais e na sua atividade não havia possibilidade para relações permanentes. O outro estaria sempre em risco por ser um meio de chegar até ela, e a faria vulnerável também. Mas se esforçou para que fosse pleno na sua duração finita. O mergulho na realidade transtornada o faria mais forte e íntegro, pelo menos é o que ela esperava. A alienação não faz bem, é preciso estar verdadeiramente no mundo, mesmo com ele em decomposição. No território em que nada nas redes é totalmente confiável, em que há mais falsidades que verdades, só o pé no chão, o mergulho direto na realidade é verdadeiro.

Hamartia

"Estamos voltando. É a quinta vez. Tivemos que recuar. Encontramos setor de emanações muito mais densas e tóxicas. A visibilidade é muito ruim, não mais que metro e meio. Avançamos passo a passo. A cerração de gases parece cobrir terreno muito longo. Precisaremos de alguma forma de locomoção mecânica, a pé parece impossível. O problema é que não conhecemos o terreno e isto dificulta nossa escolha. (@Timeliner)"

"Precisamos de um meio mais rápido de deslocamento no espesso nada. Timeliner terá a última palavra, os Invasores são os donos da expedição e é ele o guia. Estamos entre motos ou skates elétricos. A discussão é qual dos dois funcionará melhor se houver mudanças abruptas de terreno. Quase houve uma decisão ontem, mas alguém lembrou da possibilidade de usarmos um hovercraft. (@Cybil)"

"Não estamos avançando por excesso de precaução. Se dependesse de mim, cruzaríamos essa distância direto. Cerração é nuvem, tóxica ou não, dá para enfrentar. Já recuamos mais vezes do que é aceitável. Se não mudarmos de atitude, não chegaremos à região do tempo perdido e será uma frustração geral. Se esta expedição fracassar vou organizar uma outra só de Legionários e chegaremos aonde temos que chegar. (@Fireman)"

"@Fireman está mais para incendiário do que para bombeiro. Temos que ser cautelosos. Não queremos sacrificar ninguém. Não sabemos o que encontraremos no interior da bruma, nem depois dela. Mas insistiremos até podermos atravessar com segurança. Entendemos a decepção. É mesmo frustrante termos sido forçados a recuar tantas vezes. Amanhã faremos nova tentativa e estamos convencidos de que desta vez teremos sucesso. Um pouco de paciência é melhor do que pôr tudo a perder. (@Timeliner)"

"Conflitos entre membros da expedição é um importante fator de risco. É preciso evitá-los. Prosseguir com cautela, mas sem perder o objetivo que é desvendar a zona do tempo perdido e a demarcar. Nossa recomendação é para que, com as necessárias precauções, se empenhem em retomar em definitivo a expedição. Para isto existimos. (@MestreInvasor)"

"Decisão tomada, faremos a reentrada em skates elétricos. Mais manejáveis que o hovercraft. Menores que motos e o hover, bateria mais durável, muito adaptável a alterações de terreno. O hovercraft só teria vantagem em pântanos, lagoas e rios. Não existem mais. São raríssimos. Quase não há mais água no planeta, só nos oceanos. Sairemos em algumas horas. Todos ansiosos para chegar ao final da missão. (@Cybil)"

"Finalmente, após demorado debate, sem coordenação ou comando, chegaram à decisão de irmos de skate elétrico. Espero que todos tenham as habilidades necessárias, ou teremos acidentes e mais atrasos. Insisto que o melhor seria irmos a pé. Se houver paradas por inabilidade de alguém, decidi continuar sozinho. Essa atitude coletivista dos banarquistas é ineficiente demais. (@Fireman)"

"A ameaça de @Fireman de continuar só a expedição, em caso de algum incidente, rompe todos os termos de nosso acordo com os Legionários e levará à sua exclusão da irmandade e ao cancelamento em todas as outras ligas. Esperamos que não aconteça. Estamos em uma situação de elevados riscos e o conflito no grupo aumentaria ainda mais o perigo da travessia. (@Timeliner)"

"@Fireman foi advertido de que deve respeitar as decisões dos Invasores. Foi o compromisso que assumiu para ser convidado junto com @Cybil. Muitos prefeririam chamar @Legionnaire. A escolha se deveu à sua experiência e coragem. Mas precisa se ajustar ao coletivo. (@MestreInvasor)

"Consegui convencer @Fireman a retirar sua ameaça de seguir só, caso surja algum novo impedimento. Sua atitude iria atrasar a nossa esperada saída. Agora tudo se acalmou. Estamos testando os skates. Cada um de nós levará quatro baterias extras, desta forma é possível que consigamos atravessar toda a extensão do terreno adverso. Ansiosa. (@Cybil)"

"Continuo apreensiva com as notícias da expedição ao tempo perdido. Tenho muita esperança nesse achado. Nosso tempo está se esgotando e nenhuma das alternativas deu certo até agora. A geoengenharia, que deveria nos comprar tempo e permitir que fôssemos mais sensatos, só piorou a situação. Acelerou a catástrofe. Foram três tentativas com péssimos efeitos colaterais, num deles, perdeu-se o que restava de floresta na faixa tropical do planeta. Por isso foi banida pela União pela Sobrevivência, a US, no Tratado de não-intervenção na atmosfera comum das cidades sobreviventes, TACCS. (@Aisha)"

"Estamos em movimento finalmente, seguindo em linha. Conseguimos localizar uns aos outros pelos quatro leds amarelos bem intensos que usamos na cabeça. Avançamos lentamente, os skates reduzem o esforço físico e sua rolagem é tranquila. A visibilidade piora. Começamos a encontrar obstáculos. Há irregularidades no terreno. @Timeliner bateu em uma elevação sem maiores consequências. Após examiná-la avisou pelo intercomunicador que tinha um metro e meio e teríamos que saltá-la carregando o skate. Ninguém arriscou o salto com o skate, porém, mais adiante ele avistou uma fenda. Teve sorte em vê-la antes, evitando uma queda que poderia ser fatal. Teríamos que saltar. Atiramos feixes luminosos para o outro lado. Sua largura era de menos de dois metros. Felizmente conseguimos. É assim o penoso percurso pela pesada atmosfera que nos envolve. Já avançamos mais do que nas outras tentativas, porém muito mais lentamente. A visibilidade é muito ruim, quase nula. Mais adiante, encontramos outra fenda, ainda maior, que terminava em uma elevação de escombros, uma pequena colina. Um desafio quase impossível. Foi quando a legionária @Cybill se propôs a saltar e ver se conseguia fixar um cabo para atravessarmos. (@Crom)"

"Não era um salto fácil, teria que atravessar toda a extensão da fenda e subir o suficiente para chegar, pelo menos ao topo da colina de estranhos materiais que, de longe, pareciam escombros. Se pousasse na face da colina diante de nós, poderia escorregar e cair na fenda. O salto teria que atravessar a fenda e o topo da colina. Só eu poderia executar um salto desses, se é que conseguiria. Troquei o shape elétrico por um convencional (todos nós levamos um shape comum, para trocar se o elétrico desse problema). Tomei distância e comecei a remar com o máximo de força para ganhar velocidade. Não havia elevações para ganhar altitude, teria que saltar conseguindo a velocidade necessária com as remadas de minha perna biônica e, ao chegar na borda da fenda, chutar o chão com toda a força e voar num ollie improvável, trazendo o skate comigo. Saltei. Foi mais forte que o necessário. Ultrapassei o pico, caí no declive posterior e rolei. Consegui parar a rolagem com a mão do braço biônico espalmada. Parei no sopé do lado oposto da colina. Levantei com algumas poucas escoriações. De perto, deu para constatar que não eram escombros. Era estranha matéria derretida que se tornou sólida desenhando sua própria morfologia. Subi até o topo e vi uma formação retorcida que podia usar como gancho para fixar o cabo. O problema dos outros, agora, era conseguir atravessar a fenda pelo cabo. Era isso ou deixar a expedição para trás. Sou legionária não deixo os companheiros para trás. (@Cybill)"

"Perdemos @Trud3. Ele não conseguiu atravessar pelo cabo e caiu na fenda. Com a ajuda poderosa da legionária @Cybill, deixamos a colina de estranhos elementos retorcidos, um fenômeno bioquímico inexplicável. Vamos precisar de equipamentos de rapel e montanhismo para superar fendas e colinas. @Timeliner decidiu solicitar que @MestreInvasor designe um substituto para @Trud3 e ele trará os equipamentos adicionais. Vamos esperá-lo, ele virá mais rápido com o mapa que enviamos para chegar até onde estamos. A incerteza sobre o que nos espera dá medo. Cada um tem seu cenário de desfecho. Decidimos não falar sobre eles. O medo paralisa. O medo vicia. O medo sussurra as piores escolhas em nosso espírito. Fizemos um exercício que aprendemos com a mestra

SimBe para exorcizar o medo. (@Crom)”

“Não saber rigorosamente nada sobre o que nos espera é angustiante. A imaginação não para de visitar o invisível desejo de chegada. Está aumentando meu sentimento de que encontraremos o final de tudo. Já pensei que na chegada descobriríamos a solução para nossa extinção como espécie, ainda que seja uma mutação. Também imaginei a possibilidade de que esta jornada não termine. Descartei a ideia de que haveria um portal para outro universo no qual a Terra permaneceria intocada, para onde poderíamos nos transferir e procurar não cometer os mesmos erros. Essa hipótese do multiverso não me pareceu plausível. Não duvido da sua existência, mas não acredito que haja uma Terra igual e imaculada para a qual pudéssemos nos mudar. (@Cybil)”

“A hipótese do multiverso tem base científica, não é fantasia, é física. Mas nunca houve notícia de descoberta de passagens entre os universos. Isto não significa que seja uma fantasia ou impossível encontrar passagens entre eles. Se não encontrarem nessa expedição, seria de todo recomendável que puséssemos todos os nossos recursos nessa nova busca. (@Isaac)”

“@Isaac está certo. Ele é da Guilda dos Neofísicos. Se o cenário do multiverso não se confirmar nesta expedição, não existe razão para desacreditar nele. Seria mais interessante para todos um trânsito para um universo paralelo onde pudéssemos recomeçar corrigindo nossos erros seculares, do que o cenário de colonizarmos um novo planeta. Outro planeta foi a aposta de Hawking e não se avançou o suficiente. Ninguém conseguiu ir além de Marte. Temo que não tenhamos tempo para descobrir uma saída.” (@Aisha)

"Os argumentos de @Isaac e @Aisha me convenceram mais da possibilidade do multiverso. Espero que consigamos encontrar a passagem. De preferência ao final dessa névoa. A dúvida que persiste para mim é passagem para onde?" (@Cybil)

"@Aisha tem razão. Matematicamente, se em nosso universo um conjunto específico de leis da física tornou possível a vida, é altamente provável que na imensidão infindável do universo haja pelo menos mais um planeta em que a configuração de leis da física também permita vida igual à nossa. Há dois graus de incerteza restantes. Se já existe vida avançada neste universo alternativo ao nosso e se essa vida admitiria a convivência conosco. Carl Sagan estimou há quase um século que poderia haver em torno de um milhão de lugares com vidas extraterrestres só na Via Láctea e algumas poderiam ser bastante avançadas em inteligência ou capacidade de comunicação. Há avançados cenários probabilísticos utilizando a equação de Drake. A segunda incerteza é se o ecossistema resultante deste feixe distinto de leis da física é compatível com a nossa forma de vida baseada no carbono." Essa questão não está coberta pelo que chamamos Hipótese Sagan. (@Tegmark2.0)

"A tese do multiverso é altamente especulativa. Stephen Hawking explorou algumas faculdades dela e conseguiu comprovação teórica. Mas é uma construção mais filosófica do que científica. A crítica de Steinhardt é científica e filosófica. A teoria não pode ser testada. Steinhardt argumenta que ela nos leva a um niilismo cosmológico. Se qualquer coisa é possível, então nada faz sentido cientificamente. Eu até aceito a ideia de universos alternativos, especialmente a partir da inflação cósmica da qual Steinhardt, ironicamente, é um dos pioneiros. Nosso universo pode ser uma de muitas bolhas com suas específicas propriedades e leis da física. Mas é preciso comprovação de que essas bolhas existam de fato. Concordo que precisamos explorar e buscar a comprovação cabal de sua existência. Uma vez que determinemos a realidade de muitas bolhas na vastidão do cosmos, cada uma delas marcando o término da inflação em uma região, ainda há um longo percurso até chegarmos à verificação da possibilidade e viabilidade de transitar de uma para outra. A Hipótese Sagan não cobre essas possibilidades, ela se refere a outra busca, a de planetas habitáveis em nossa galáxia ou fora dela. Temos, portanto, duas vias prováveis a explorar, ambas muito complexas e nada garante que possamos resolver uma delas a tempo. (@LindeB)

"Esta é uma discussão de alta relevância, mas para depois que terminarmos a presente expedição. Vamos nos concentrar nela. Depois, dependendo do resultado, podemos redefinir nossa missão e unir esforços para encontrar passagens entre as várias dimensões do universo. A irmandade do Cosmos está explorando a Hipótese Sagan." (@Crom)

"Alcançamos o ponto extremo da jornada. Estamos em pleno território do tempo perdido. Nada é visível. É um ambiente extremamente perturbado, oscilações brutais. Tudo é um deserto sem cor e sem luz, tudo árido." (@Timeliner)

"Chegamos ao tempo perdido. Não é começo ou fim, nem é um intermezzo. É um sem-tempo, um terreno de difusas contrariedades. Uma região estática, infecunda, onde nada pode nascer. Não é ponto final. É nada, ou a síntese de tudo que fizemos de nós. Desolador. Vamos voltar." (@Cybil)

"Chegamos ao ponto máximo do espaço-tempo. Ponto

final da franja, vácuo. Vazio absoluto. Nada. Nem nuvem." (@Isaac)

"O caminho até o tempo perdido me fez perder horas de vida, não lamento ter aceitado representar os Legionários nessa expedição ao nada. Mas não há o que dizer ou registrar." (@Fireman)

"As notícias do final da expedição dos Invasores fazem sentido e são desoladoras. O tempo perdido ser um não-tempo infecundo é congruente. É a parte de nossa existência que desperdiçamos. Infelizmente confirma a minha distopia. O tempo perdido é o retrato de nossa era. A expedição não fracassou. Ela chegou ao âmago de nosso Zeitgeist. A ideia de redefinirmos a missão dos Legionários para encontrar passagens no multiverso é instigante. Talvez haja passagens, algum furo. Missão legionária e os Invasores são bem-vindos. Nossa rede na Cidade Universitária deve assumir a liderança nesse esforço, confio em @Isaac e @Tegmark2.0 para mobilizar os nossos recursos nos departamentos científicos e nas irmandades científicas. Na filosofia é mais difícil, não temos ninguém lá. O recrutamento é complexo. Alguém poderia testar a chefe do Departamento. Ela é filosofa profunda e tem uma queda para o utópico. Se não, teremos que contar com os cientistas apenas e o que resta de metafísica e capacidade de especular entre os físicos." (@Aisha)

Assédio

O futuro ficou mais desolador com as notícias da descoberta do tempo perdido. Gal tinha um fiapo de esperança de encontrar algo que lhes permitisse resgatar, de alguma maneira, o que foi perdido pelas gerações anteriores e atuais por conta de suas más escolhas. Fortaleceu sua visão dominante de amargo ceticismo. Precisava distrair o espírito, saciar seus animais interiores, o que só conseguiria no pega. Tentou não pensar no tempo perdido. Eram cinco em ponto da tarde. Ficaria em meditação até a hora de sair. O apaga começaria em duas horas, anoiteceria uma hora depois. Quando o vermelho sol anômalo desapareceu no horizonte, ela buscou a moto elétrica, passou no apartamento de Ricabê e saíram para o centro nervoso da noite apagada em busca de uma rave.

Ele percebeu a inquietude da companheira, sua tensão. Perguntou o que havia e ela respondeu que dificuldades sérias e decepções. Nada que uma rave ao final do apaga-pega, não resolvesse. Ele estranhou. Seguiram. Foi um trajeto perigosíssimo. Ricabê contou mais glockers naquele apaga. Suspeitou que Gal os procurasse de propósito. Tiveram que recarregar as armas várias vezes, alternadamente, para não ficarem vulneráveis. Finalmente, chegaram à rave. Beberam e dançaram até o amanhecer. Ao voltarem para o seu apartamento fizeram sexo até ficarem extenuados e apagaram.

Quando ele acordou, ela o esperava com o café coado. Fumava um cigarro. Ele sentiu o aroma

– O que é?

– GG6.

– Não conheço.

– Gorilla Glue #6.

Acendeu um outro e lhe passou.

– Vai ajudar a superar a excitação de ontem.

Ele aceitou, acendeu, inalou profundamente a fumaça, manteve-a por um tempo e exalou.

– Espero que sim. Não gosto de fumar. Vou fazer algo para comer, o que você quer?

– O que você comer, eu como.

Preparou um pequeno desjejum com os raros alimentos que Rãna lhe havia mandado, com um bilhete falando sobre a proximidade das aulas. Ela tinha fornecedores para os quais parecia não haver obstáculos ao cultivo. Eram de uma estufa hortifruti de localização imprecisa. Ele suspeitava que ficasse dentro do condomínio Éden.

– Você não sente falta da vida anterior, quando se ia ao cinema, ao teatro, havia botecos em que nos encontrávamos nas noites, conversávamos de tudo numa tarde de sábado?

– Apaguei aquela vida da memória. Ela não existe mais. E nós nem a vivemos, Ric, que conversa! A situação apocalíptica em que vivemos não dá margem à nostalgia. É um ambiente cruel. Se o objetivo é sobreviver nele, não dá para se distrair. Você se dá a esses luxos porque vivia só na bolha da Cidade Universitária. Mas, agora, está no mundo, é um ser presente, precisa deixar essas bobagens de lado. A vida é como o pega no apaga, se distrair, morre.

– Essa atitude niilista leva à falta de vontade de viver, Gal.

– Não é niilista, Ricabê, é hiper-realista. Nessa existência bruta, a única saída é vivermos como verdadeiramente somos, apesar de todo o absurdo que isso possa envolver.

Aquela conversa a inquietava. Precisava sair dela.

– Como está o curso? Vai ser muito importante para mim e muitas outras pessoas. Muitos conhecidos se inscreveram. Andam dizendo que você está sendo rigoroso demais na seleção.

– Não é rigor, é cuidado, quero que funcione e dê uma boa dinâmica de grupo. Estou avançando na preparação. Vou terminar tudo nos próximos dias.

– Vou estar muito ocupada, também, por um tempo indeterminado, se der venho acompanhar sua preparação e podemos conversar sobre o plano de aula.

– Você ainda não se inscreveu.

– Pode deixar que vou me inscrever. Você não se livra fácil de minhas perguntas.

Terminaram de comer, Gal o beijou e saiu decidida a resolver a questão do stalker rapidamente. Ao chegar à sua sede, havia vários avisos de bots seus que haviam conseguido encontrar assinaturas dele. Eles vinham de dois pontos distintos, com IPs diferentes, mas ambos na Cidade Universitária. Um deles estava no prédio da Filosofia. O atacante era estudante e frequentava regularmente a filosofia, isso ela já sabia. Provavelmente assistente de pesquisa, para ter acesso àqueles servidores. Podia concentrar seus espiões digitais nesse grupo. Dedicaria o restante do dia a codificar os novos algoritmos para comparação de padrões digitais. Confiava na sua arte, ela lhe revelaria o dono daquele olhar avesso. O outro IP, estava em um endereço na área residencial da Cidade Universitária, denunciando que seria filho de professor. Decidiu que passaria o dia seguinte vigiando pessoalmente o endereço residencial, para checar quem entrava e saía.

Até o final da manhã, ninguém havia entrado ou saído da casa. Gal decidiu ir até a cafeteria da Filosofia comer algo, passava da hora do almoço. No percurso nada percebeu nas pessoas com as quais cruzou que o pudesse identificar. Uma hora depois de voltar à vigilância, a porta abriu e um senhor saiu. Era o professor BêKá, da matemática, um gênio em espaços Hilbert. Certamente não perderia seu tempo com stalking e duvidava que fosse um techie. Ficou até o anoitecer e só deixou o posto depois que o professor BêKá retornou do departamento de Matemática. De volta à base, investigou a aparelhagem na residência do professor BêKá e descobriu que havia dois sistemas em operação. Um supercomputador capaz de operações numéricas pesadas, que evidentemente era o dele, e outro com o IP do stalker. Havia mais alguém com ele que havia usado o computador alternativo no dia anterior.

A próxima vigia seria em frente ao prédio da Filosofia. Bem mais fácil. Não precisava se esconder. Sentada em um banco, com o notebook no colo, aproveitava para acompanhar o trabalho de seus vários artefatos ativos na websfera, além de participar das discussões entre os Legionários sobre a estratégia para acelerar a busca e criar condições para a descoberta de passagens para outros planetas e galáxias no universo. O movimento de entrada e saída de professores, alunos e assistentes era intenso. Durante toda a manhã, porém, a espera foi infrutífera, Gal não percebeu ninguém com o olhar que procurava. Foi, novamente para a cafeteria comer. Ficou sentada no banco até o final da tarde. Tinha a bunda já quadrada, embora se levantasse e alongasse de meia em meia hora. Desistiu. Passou na casa dos pais, no Quilombo Universitário. Eles haviam acabado de chegar. Insistiram para que jantasse com eles e ela ficou. Talvez até dormisse em sua casa no Quilombo. Conversaram bastante no jantar. Perguntou pelo professor BêKá. Era um gênio, nada sociável, vivia com a cabeça nos números quânticos e formas orbitais, viúvo e tinha um filho, César José, que também diziam ser um geniozinho da matemática, mas voltado para a filosofia. Gal quase engasgou com o gole de vinho. Então era o CêZé, ele tinha os conhecimentos necessários para codificar com sofisticação. Achava que ele fosse apenas um obcecado por conhecimentos esquecíveis.

"Será dele o olhar que eu não consigo decifrar? Parece quase impossível. Ele é mesmo um avoado geniozinho, que passa o tempo todo pensando altas abstrações capazes de sintetizar uma grande quantidade de informação correlacionada. Mas, stalker?" CêZé, segundo seu pai, era ótimo em matemática. Podia, portanto, desenvolver sofisticados algoritmos, como os dos malwares. Fazia parte da fraternidade dos "sintesistas", ou Synthesists, que dedicam a vida a estudar para sintetizar todo o conhecimento humano. O nome da fraternidade é inspirado em personagens do romance *Stand on Zanzibar*, de John Brunner, um clássico da ficção distópica do século 20. Eram intelectuais dedicados a processar o imenso fluxo de informação e encontrar conexões entre eventos aparentemente desconexos. A fraternidade neles inspirada tinha por missão deixar um legado de conhecimentos a quem sobrevivesse ao fim do mundo. Ela sempre o achou esquisito, tomado por esse propósito descomunal de compactar toda a cultura e a ciência criadas para uma incerta posteridade.

Teria que o encontrar face a face e observar melhor o seu comportamento. Era fácil, ele ficava em um canto na sala dos assistentes de pesquisa ou na Fraternidade dos Sintesistas da manhã à noite e só saía para as aulas. No dia seguinte, iria às duas salas, as portas das várias fraternidades só abriam com uma senha que era o segredo dos iniciados. Só não conseguia decidir o que faria uma vez confirmasse que era ele o culpado pela invasão. Gal e os pais saíram da mesa de jantar mais de uma hora depois. Ela foi para sua casa no Quilombo, ficava mais cômodo porque, no dia seguinte, depois do café da manhã e de seus exercícios, iria até a Filosofia para confrontar o CêZé.

Ao entrar no aposento dos assistentes de pesquisa a encontrou vazia. Subiu ao andar das fraternidades, eram muitas, quebrou a senha na porta assinalada como dos Sintesistas e entrou. Todos estavam tão concentrados lendo ou escrevendo que ninguém levantou o olhar até ela. Ele não estava lá. Saiu frustrada e se sentou no banco de pedra em frente à Filosofia para decidir o que fazer. Tinha dúvidas sobre continuar a procurar alguém que já sabia lhe trazer ameaça menor e perfeitamente controlável. "Mas, risco é sempre risco e até o acaso pode ser o gatilho para que aconteça." Mal ouviu o "oi Gal, o que faz por aqui". Era o CêZé. Melhor dizendo, era o olhar dele, o mesmo que a intrigou em sua pesquisa psicodélica e agora sabia decifrar. Era um olhar de admiração, desejo e inveja misturados. Naquele mesmo momento, quando respondeu que viera se encontrar com o professor Ricabê, desistiu de puni-lo. Seria uma perda de tempo e um exagero. Bastaria assustá-lo, principalmente, para seu próprio bem. Para não ser descoberto por alguém que lhe fizesse mal. Trocaram mais umas poucas palavras, Gal se levantou e se foi.

Mais tarde, de volta ao seu ambiente, travou remotamente o computador doméstico de CêZé, no qual ele promovia seu stalking, usou uma imagem igual à da Polícia Cibernética para lacrar sites que ela considerava criminosos. A própria PolCib teria dificuldade em reconhecer que havia sido feita por terceiros. Acompanhou a imagem com uma advertência de que stalking era crime e a pena era a exclusão das Zonas Protegidas. Seu sistema ficaria inoperacional por uma semana e depois voltaria a funcionar, mas sob estrita vigilância. Sabia que ele nunca mais incomodaria alguém.

Enquanto afastava a falsa ameaça, uma mensagem conseguiu penetrar suas defesas e a deixou alarmada para valer. Dizia "não tem saída para você, Gal. Vou acabar com você." Eles haviam finalmente chegado ao seu reduto e, pior, descoberto seu codinome civil que, para o meio cibertecno era o mais próximo ao nome verdadeiro, aquele que é preciso proteger de todas as formas possíveis. O nome secreto, que lhe dava potência e identidade permanecia seguro, se descoberto a deixaria irremediavelmente vulnerável e permitiria a quem a perseguia encontrá-la e apagá-la definitivamente. Seria o cancelamento físico de Ngalula. Isto não podia deixar acontecer.

Imersão

Gal acordou pensando no Mestre Zu. O que ele queria dizer com os próximos da outra? Só um de seus conselhos ficou evidente, quem a inquietava por ter tentado invadir os computadores de seus pais e de Ricabê, era o menor dos males. Resolveu deixar os enigmas para mais tarde. Não estava com ânimo para encarar charadas. Ficou em atitude contemplativa, uma longa e reanimadora meditação, que consumiu a monotonia de uma tarde sem inspiração. Funcionava sempre para ela, esvaziar a mente para renovar o pensamento.

Decidiu, como primeiro passo, se fixar em uma indagação sobre os próximos. Gal, até por força da profissão, não era chegada a muitas pessoas. Pertencia apenas a uma esfera social, a dos acadêmicos. Quem tinha relacionamentos no ciberespaço era @Aisha, seria ela a outra a que Mestre Zu se referia? Deveria investigar as relações das duas? Nesse caso, os Legionários lhe pareciam mais plausíveis por causa de sua evidente experiência em codificação e intimidade com a ciberesfera. Com a mente renovada lembrou que Mestre Zu não se dirigiu a Gal, mas a Ngalula. Nem os parentes, nem os enredados, que fazem parte de sua rede afetiva. Ele falava de @Aisha ou de Gal? As duas eram a outra de Ngalula. Não fazia muito sentido.

Para essa pesquisa, criaria novos algoritmos especificamente programados para sua busca pelo atacante. Com artefatos dedicados teria resultados mais rápidos e precisos. Programar inovações era um prazer genuíno para ela. Era uma poeta criando frases únicas, o código preciso, em refinada linguagem matemática. Codificar era uma arte, muito além da técnica. Era uma estética. Começava definindo com precisão os objetivos a que desejava chegar com o novo algoritmo. Esmerava-se em torná-lo o mais conciso, elegante e belo possível, sem prejudicar sua eficácia. Para saber se o ciberagressor era um dos Legionários, o melhor caminho era comparar os códigos que ele usou aos que cada um dos legionários usava para navegar na margem última e explorá-la. Seria exaustiva, precisava analisar todo o enquadramento do processo de codificação, cobrir todos os seus elementos. A semântica de cada um, tanto estática, quanto dinâmica, os padrões linguísticos, as estruturas de controle e a nomenclatura. Era difícil imaginar que algum legionário fosse o responsável. Os códigos que romperam suas defesas eram eficazes e singulares. As árvores de sintaxe eram harmoniosas, a gramática e a estrutura das frases, criativas. Construção frasal elegante, parcimoniosa e objetiva. Quem os fez era um codificador muito avançado, topo do topo. Os Legionários eram bons codificadores, hipertécnicos, mas não tinham o mesmo nível de sofisticação.

Ela ativou seus novos engenhos. Levaria algum tempo até que aparecesse algum resultado. Relaxou. Trabalho pronto. Acendeu um incenso Lemon Haze Sagrada Madre, sentou-se com as pernas cruzadas e entrou em meditação. Meia hora depois, energizada e com a atenção reforçada verificou que mais da metade dos Legionários já estava liberada por seus ciberdetetives. Era o que esperava e duvidava que fosse diferente para o restante. Ela havia espalhado vários sleepers, robôs dormentes que acordariam ao surgir algumas das características-padrão da codificação do atacante. O robô, ao detectar este elemento, buscaria a sua localização e alguma fragilidade na estrutura de defesas que lhe permitisse entrar no sistema e tentar encontrar o nome verdadeiro do atacante.

Desceu até o subsolo do prédio, onde havia deixado sua Kawasaki Ninja E estacionada e saiu em disparada, rumo à Zona Interditada. Não foi um trajeto fácil, ela teve que driblar vários grupos que tentaram derrubá-la da moto, desviar dos tiros, perto de seu destino foi obrigada a se defender de um casal que a bloqueou e derrubou. Neutralizou o homem com um forte e certeiro golpe no Pomo de Adão deixando-o sem respirar. A Eva atacou por trás, Gal se defendeu com rapidez mais que humana e força suficiente atingindo-a abaixo do nariz com o cotovelo, evitando o soco em sua nuca. Ato contínuo girou o corpo e chutou o rosto da oponente, emendando com um soco com os nós dos dedos no encontro do nariz com o filtro labial. A outra tonteou, cambaleou para trás e ela terminou a luta com um karate chop, golpe usando a lateral de ambas as mãos com os dedos dobrados ao meio, atingindo os dois lados do pescoço da adversária. Recuperou a moto e disparou rumo a seu destino. Chegou rapidamente à fronteira entre a Zona Interditada e a Vila do Fervor, que vivia explosão demográfica com a adesão das pessoas à religião para se salvar do fim do mundo.

No topo de uma colina estreita e alta, havia uma única construção. Gal parou na base da colina, em frente a um muro alto. Era possível ver armas teleguiadas prontas a liquidar quem se aventurasse a escalá-lo. Digitou uma mensagem em seu celular. Segundos depois da mensagem, uma parte do muro se abriu, revelando uma rampa e Gal seguiu por ela em sua Kawasaki. O monastério ficava bem no topo de um morro, a perto de dois mil metros de altitude. Ela sempre se perguntou quem havia planejado esse desenho na reocupação da cidade. A Zona Interditada era o território da insanidade, do descontrole desesperado. A Vila do Fervor hospedava os crédulos aterrorizados com o acabamento do mundo. O monastério era a quietude, o local da meditação imersiva, da paz e do autoconhecimento. Ali se aprendia não sobre a existência depois da morte, mas sobre o poder da mente e o autocontrole. Foi seu aprendizado com os lamas que lhe permitiu perceber com precisão quase infalível a aproximação de glockers no apaga. Desta vez precisava que lhe dessem clarividência para descobrir quem a ameaçava.

Na porta, havia um gongo e pendurada ao lado uma baqueta com uma bola de couro na ponta. Bateu com a baqueta no gongo uma só vez. O som forte em vibrato de longa duração anunciou sua chegada. Um homem asiático, com vestes de monge, atendeu a porta. Era Tenzin Norbu, o guardião da sabedoria, um de seus lamas. Eles se cumprimentaram com a tradicional reverência, curvando o corpo e as palmas das mãos unidas. Entraram, Gal tirou os tênis e as meias. Atravessaram um amplo pátio até uma sala onde encontrou seus outros dois lamas, Lobsang Dorje, inteligência indestrutível, e Karma Yeshe, ação e sabedoria. Explicou-lhes a situação em que se encontrava e sua dificuldade em decifrar o significado do conselho do Mestre Zu, "olhe para longe de si. Você é mais poderosa que seus inimigos, mas pode ser frágil perante os próximos. Não são os fraternos, nem os enredados no afeto. Atenção para os próximos da outra." Precisava que a ajudassem a decifrar o enigma. Yeshe lhe disse para se preparar e começariam após a refeição.

Gal conhecia os procedimentos. Foi até um quarto onde encontrou um quimono, despiu-se, banhou-se na banheira que havia no chão, com a água já preparada com flores e essências e se vestiu. Sentou-se no tatame, fez os movimentos mágicos do Trul Khor. Os exercícios a ajudaram a relaxar, alongar o corpo e progressivamente esvaziar a cabeça dos desassossegos cotidianos. Ficou em meditação até o gongo soar anunciando a hora da refeição. Sentou-se ao lado de seus lamas em uma longa mesa de madeira, na qual havia outros monges, nem todos asiáticos, alguns brancos e alguns negros entre eles. Eram quinze no total. Comeram em silêncio um bowl de arroz cozido com dal, tsampa e vegetais. Após a refeição, tomaram chá. Era a preparação para, com tempo, entrar em meditação profunda, ganhar acuidade e mergulhar em si mesma, buscando o autoconhecimento. O estágio final seria de apurada sensibilidade e aguçada capacidade de raciocínio, pensamento sequencial, grande habilidade analítica, percepção espacial. Ativava várias redes neurais em um processo cooperativo para resolver problemas.

Os quatro sentaram-se em um círculo no tatame de um cômodo a que se dirigiram. Com as pernas cruzadas, os olhos fechados e as palmas das mãos unidas, entraram em meditação. O primeiro momento seria de dor. Gal afundou em um oceano revolto, enredada por sentimentos em choque. O encontro com suas contrariedades mais íntimas doía fisicamente. Ela atravessou a penosa teia de sentidos em confronto e foi assombrada por todos os seus demônios interiores. Para sair da dor, precisou enfrentá-los e esvaziar sua mente da forma mais completa e radical, que jamais conseguiria sem a guia de seus lamas. Sentados a seu redor, mentalizavam o mais absoluto nada. Só a partir desse vazio espiritual se recriaria. Não podia romper o fluxo de intermináveis horas de autocontrole e jejum, até encontrar a paz transcendental.

Estava no escuro total. Um tênue fio de luz cortava o escuro, pequeno riacho que se alongava na distância. Começou a se mover na direção do comprido filamento luminoso. Percorreu trajeto despercebido, desconhecida em busca do autoconhecimento. Descobriria quem se tornara, não tinha memória de si. O escuro se dissipava lentamente com o alargamento do fio de luz. Ngalula sabia agora quem era, mas não via onde estava. Quando tudo foi conquistado pela luz, tinha controle de si, a mente totalmente aberta e integrada a todos os seus sentidos. Razão, sentimento e intuição formavam um conjunto harmônico em sincronia perfeita. Estava possuída pela lucidez. A fusão dos sentidos com a razão e a intuição lhe deu o poder de pensar com inteligência muito além de qualquer inteligência artificial, maior do que a mais elevada inteligência, todavia limitada pela separação entre corpo e espírito. Não havia mais contradição ou sentimento desconhecido, nem na mais recôndita porção de seu ser. Não era corpo, nem espírito, mas um fluxo de consciência desprendida de si.

Não pediu aos monges que a ajudassem a interpretar as palavras do Mestre Zu. Ela sabia que eles a ajudariam à maneira deles. Eles estavam lhe dando os meios, mas o percurso ela teria que fazer sozinha. Mais alguns estágios poderia mergulhar na memória em busca de pistas sobre o que a atormentava. As cenas que lhe pareciam mais importantes para o que buscava passavam em câmera lenta diante dela, saídas de partes da memória mais difíceis de acessar, permitindo que percebesse os mínimos detalhes. O esforço mental era enorme. Conseguiu repassar todos os seus contatos e o inimigo não estava entre eles. Sua mente afiada listou as inumeráveis razões pelas quais ele não poderia ter saído da comunidade cibernética. Não via nenhum de seus pares com aptidão para invadir sistemas tão bem protegidos como os dela. Ela enfrentava um hacker que se ombreava a ela. Uma ciberinteligência que permaneceu oculta até que precisou entrar diretamente em ação para a descobrir. Era essa presença dissimulada, invisível, que precisava buscar.

Olhando o horizonte, viu Mestre Zu, no meio de uma nuvem azul. Foi até ele. "Salve Ngalula. É ela que importa. Os próximos são muitos. Ela pode escolher a hora de derrotar a perigosa presença. A outra. Há que salvar Ngalula, não a você." A advertência perturbadora encerrou o transe e ela saiu ainda confusa. Disse isso aos lamas. "Você tem a resposta, só precisa entendê-la." Foi o que lhe disse Karma Yeshe com a voz suave. Súbito, ela viu a diferença, Mestre Zu não se dirigiu a Ngalula desta vez, fez uma advertência a Gal. Era o começo da solução.

Cancelada

Tenho, porém, contra ti que deixaste o teu primeiro amor.
— Apocalipse 2:4

Gal chegou à sua base de operações apreensiva, totalmente focada no que lhe dissera Mestre Zu, "há que salvar Ngalula". Se Ngalula estava em situação vulnerável, a ameaça era existencial. Pensava que suas ciberdefesas eram as mais robustas possível. Mas eles a haviam descoberto. Alguma mente superior estava por trás da ameaça. Até o momento, Gal havia conseguido se manter incógnita nesse cibermundo. Aquela seca mensagem intrusa revelou que havia sido descoberta e estava vulnerável. Começou frenética produção de artefatos novos de defesa, ataque e espionagem. Precisava saber quem a havia identificado. O perigo era real. Mestre Zu a orientou, "salve Ngalula". Karma Yeshe lhe assegurou, "você tem a resposta". As duas frases estavam fixadas em sua mente como cicatrizes. Ela sabia o significado final. Gal era descartável. Trabalhou 32 horas sem parar. Levantava-se apenas para alongar o corpo, alguns exercícios de yoga. Comia barras proteicas e bebia energéticos capazes de deixar elétrica uma pessoa com o triplo do seu peso. Montou um arsenal, seus espiões penetraram todos os recantos do ciberespaço.

Foi nas redes de cibertecnos que conseguiu o primeiro retalho de pista sobre o cérebro misterioso que tramava contra ela. Era um rumor de perplexidade. Uma pergunta repetida que atravessava as redes, provocando curiosidade e inquietação. Um murmúrio sem resposta. Haviam captado sinais de um novo cibertalento, sobre o qual nada se sabia e cuja presença só agora foi percebida.

Antes que pudesse se aprofundar na busca por essa nova e misteriosa personalidade do meio techie, seus alarmes soaram por todos os lados. Haviam lançado um ciberataque contra ela. Seus drones captaram um pelotão armado rumando para um assalto à sua base. Ela sabia que em algum momento conseguiriam penetrar suas defesas e abater seus drones. Eles haviam sido lançados automaticamente, causariam baixas severas aos atacantes físicos. Suas ciberdefesas infestariam os sistemas que lançavam ataques contra ela com malwares devastadores. Eles publicariam informações sigilosas de todos, exporiam as redes desses inimigos e danificariam seriamente os sistemas operacionais de suas máquinas. A morfologia dessa parte do ciberespaço não seria a mesma depois de sua resposta. Ela entrava em uma ciberguerra terminal contra adversários que ainda desconhecia. O bando que avançava sobre sua posição encontraria feroz resistência. Sua fortaleza tinha blindagem para fuzis de alto calibre, granadas e mísseis, mas não era inexpugnável. Seus drones eram uma pesada artilharia.

Tudo aconteceu muito rápido. Pelo volume da investida figital contra ela sabia que não podia vencer. Lutaria até o limiar do inevitável desfecho e partiria para o programado escape. Seu exército cibernético e suas armas eletrônicas já estavam em ação, não havia muito mais que ela pudesse fazer. Sentou-se com as pernas cruzadas, reduziu os batimentos cardíacos e esperou. Pensou em Ricabê. Não havia como avisá-lo, sem o pôr em risco. Seria forçada a deixar inacabado aquele capítulo de sua história. Gal não sairia ilesa daquela situação.

Ngalula só se salvaria com seu sacrifício. Era ela a expressão real de vida, seu verdadeiro Ser e com ela Mestre Zu mostrou cuidados quando conversaram no outro plano. Agora ela entendia tudo. A outra ciberinteligência por trás de tudo. Ela era é ameaça derradeira. Todo o seu aparato era para proteger Ngalula, não para preservar Gal.

Algumas horas depois, Ngalula começou a se preparar para as medidas de autopreservação para quando suas barreiras caíssem. Vestiu o macacão térmico que lhe permitiria enfrentar qualquer temperatura extrema. Os sensores de calor ajustariam a temperatura a 23° C como programado. O macacão também filtrava e transformava em água potável todos os líquidos corporais. Os cientistas que o desenvolveram haviam se inspirado no traje dos Fremen, imaginado por Frank Herbert em *Dune*. Nos pulsos, ela tinha armas eletrônicas a laser com poder letal. Eram banidas pelos acordos entre Ravers e Glockers, mas agora a agressão era outra. Ao chegarem a seu andar, armas a laser indetectáveis disparariam contra os invasores, fazendo-os recuar. Mas nenhuma defesa ou arma era infalível.

Colocou os óculos cibernéticos que ajustavam a visão para ambientes excessivamente iluminados ou totalmente sem luz e era capaz de atravessar cortinas espessas de fumaça. Os óculos faziam muito mais. A lente zoom, comandada pelo olhar, permitia aproximar pessoas, objetos e ampliar elementos microscópicos. A haste passava por trás da orelha, fazia uma conexão com a ossatura do crânio e permitia a amplificação dos sons por indução óssea. Podia ouvir aproximações invisíveis e escutar conversas ao longe.

René Armand, o cientista que desenhou os óculos inspirou-se em games de imersão, de realidade virtual holográfica que alternavam vários obstáculos visuais e ameaças microscópicas. O sensor sonoro foi adição de Pat Ká, a partir de um protótipo de fones também construído por Armand. Ela redesenhou tudo para usar no apaga. Pat foi banida por desrespeitar o Acordo do Apaga-Pega e cancelada por Glockers que invadiram sua casa. Ela já havia entregado seu protótipo ao físico Roberto Klein, na Cidade Universitária, para ser redesenhado e produzido. No ambiente dos comuns, poderia ser uma solução para as horas apagadas. O protótipo acabou irremediavelmente danificado no processo de redesenho, mas o físico conseguiu chegar a um novo modelo, aperfeiçoando suas funções e adicionando uma mira laser na ponte dos óculos. Klein foi morto em um tiroteio ao se deslocar para encontrar um produtor interessado no Barsenal e lhe mostrar o novo protótipo. No assalto que o matou, o carro explodiu e tudo que levava se perdeu. Mas o modelo-mestre e seu detalhamento para produção estavam prontos. Todos pensaram que as especificações para produzir os óculos estavam irremediavelmente perdidas com a explosão. Gal não se convenceu. Conhecia Klein, ele devia ter um back-up. Entrou no laboratório do físico e detectou um cofre atrás de uma estante. Ao abri-lo encontrou os esquemas técnicos, como imaginava. Programou robôs para produzir um par, usando uma avançada impressora 3D que trabalhava com fibra de carbono. Jamais romperia o pacto do apaga. Mas não era no apaga-pega que residiam os maiores perigos que enfrentava. Os óculos se tornaram parte essencial de seu equipamento de defesa e ataque. Ela sempre esteve de prontidão. Um dia, as medidas excepcionais que havia programado há muito e repassava no simulador com regularidade, seriam seu último recurso. Estavam tão entranhadas em sua mente e no seu corpo, que seria capaz de fazer tudo em segundos, sem pensar. A hora havia chegado. Restava-lhe apenas acompanhar a operação de seus sistemas. Travava online e remotamente batalhas brutais. Era o mesmo que assistir à demonstração de um game no qual o prêmio era sua vida. Às vezes se espantava com o que havia conseguido criar. Mas, seu arsenal de drones escasseava, uns abatidos, outros sem munição. Não tinha como obter mais a tempo. Também não podia usar seus aparelhos para qualquer comunicação externa porque interceptariam sua mensagem e descobririam os destinatários, os expondo a risco extremo.

Foi com enorme surpresa que viu um drone do tamanho de um mosquito se materializar à sua frente. Saltou instintivamente para se desviar dele e já estava com a arma na mão para abatê-lo, quando ele projetou uma mensagem na parede e um teclado no chão. "Ei @Aisha precisando de ajuda? Posso mandar vinte TIKADs e trinta Blowfish A3s com bastante munição e cinco Predators C, ajuda?" Era um dos legionários, que não se identificou. Ela nunca havia visto um artefato engenhoso como aquele. Tomou nota mental para, quando voltasse à calma, obter um igual. Era uma inovadora utilidade de primeira necessidade. Digitou em resposta agradecimento sincero, ajudaria muito o reforço e os reporia tão logo se reorganizasse. A resposta foram os códigos para entrar nos aparelhos e assumir o controle e um "não se preocupe com isto".

Gal abriu os códigos para controle dos drones, eles geravam um controle interativo virtual. Ela teria participação mais ativa na ação. Os atacantes já haviam conseguido destruir suas câmeras, mas não haviam detectado as nanocâmeras e foi por elas que viu a chegada dos drones. Com um comando, assumiu o controle das máquinas e iniciou um contra-ataque feroz que pegou os inimigos de surpresa. Manejava suas armas como uma intérprete opera seu sintetizador para compor música orquestral que executa sozinha. Teve, então, tempo para trazer seus drones descarregados para serem remuniciados por robôs na cobertura do prédio. O arsenal de reforço aumentaria sua resistência por alguns dias. Um pequeno cursor vermelho na parede indicava que a comunicação entre ela e a ajuda providencial estava aberta. Agradeceu, mas não teve coragem de pedir que enviasse mensagem a Ricabê. Ela sabia que tudo entre eles já era passado-passado.

Economizou sua força auxiliar de drones ao máximo para manter sua posição pelo maior tempo possível. Quando não estava participando na operação dos drones, aproveitava para codificar novas aplicações e enriquecer a biografia digital de Chimwala, a sucessora de Gal. Esse passado bem escondido despistaria qualquer espião. Pressentia que em 72 horas estaria tudo terminado. Suas nanocâmeras mostravam a chegada de reforços e poder de fogo suficiente para demolir o prédio. Por alguma razão haviam evitado a implosão, talvez na esperança de capturar seus aparelhos e obter informações sobre suas conexões e relações. Estava em uma guerra urbana com tiros de armas de calibre pesado e explosões de granadas e mísseis. Os alvos eram seus drones, artefatos de vigilância e portas e janelas de sua fortaleza. Em resposta, sua artilharia disparava contra os drones inimigos e contra as brigadas que iam avançando e ocupando território em volta e, agora, já dentro do prédio.

O tempo todo, ela se perguntava se a recusa do job proposto por Raskólnikov e Leka era razão suficiente para tão tremendo ataque por uma coalizão de forças, muitas até então adversárias entre si. Alguém os unira contra ela. Os agentes de Raskólnikov não tinham competência para tanto. Chegou a imaginar que tanta fúria estaria relacionada a seu desempenho no apaga-pega. Ela estava entre os ravers lendários, que haviam terminado, mano a mano, centenas de Glockers. Mas o que ela fazia no apaga-pega era coberto pelo pacto. Foi depois de garimpar muito e profundamente na DeepAltWeb que encontrou comentários sobre o aparecimento de uma hacker desconhecida e potente. Nas horas finais de Gal, ela descobriu que a inimiga que armou o ataque contra ela tinha toda chance de ser mulher, uma hacker brilhante que conseguia agir nas sombras, naqueles tempos em que tudo se pode saber. "A outra". Nunca havia encontrado referência alguma sobre ela, mas conseguiu desvendar traços femininos em determinadas frases do seu código. Os homens são menos estéticos. Encontrou em uma rede exclusiva orientações precisas sobre o ataque à sua sede. Conseguiu a partir daí mais códigos com o DNA dessa cibermulher. Ela se provou uma cracker muito poderosa e mestra em ciberdisfarces. Gal nunca havia enfrentado ameaça mais séria, tinha certeza de que ela havia deixado deliberadamente alguns códigos reveladores de sua ciberidentidade porém somente detectáveis por alguém tão boa quanto ela e insuficientes para ser identificada. Queria que ela soubesse quem desejava seu aniquilamento, porém não as razões desse desejo. Um enigma que perseguiria Ngalula por muito tempo.

Era inacreditável, na degenerada cidade em que vivia, um tiroteio dessa magnitude não provocava reação alguma, nem civil, nem oficial. É verdade que praticamente não havia mais governo. A polícia cibernética se mantinha forte porque protegia a privacidade dos super-ricos, nada mais. A segurança existente era focalizada neles e ela não os havia ameaçado. Só os Legionários deram atenção à guerra nas ruas da Zona Central e um deles foi em seu socorro de maneira criativa e providencial.

Viveu longos dias de tormento. Os ataques aumentaram a frequência e a ferocidade. Suas defesas foram caindo pouco a pouco apesar da tremenda resistência com que respondeu às agressões. Lutou como pôde e provocou muitas baixas no outro lado. Mas sua capacidade de reagir estava terminando. Com a acuidade auditiva aumentada podia ouvi-los discutindo como explodir sua porta. Já haviam chegado a seu andar. Era hora de desistir de Gal e partir. O cursor vermelho continuava piscando, talvez esperando mais pedido de socorro ou a mensagem de vitória. Enviou a última palavra de @Aisha dizendo que seria inevitavelmente cancelada em menos de uma hora. Já havia programado a reposição da frota que recebeu, "muito obrigado, senti o conforto da solidariedade, a aventura foi boa enquanto durou". "Sorte melhor no futuro", foi a resposta. O cursor apagou e o drone desapareceu por alguma minúscula fresta por onde havia entrado. @Aisha saiu de cena.

A invasão da cidadela construída por Gal era iminente, aconteceria não mais em horas, mas em minutos. Ngalula acionou o timer do mecanismo de autodestruição da aparelhagem e de toda a base usada por Gal. Uma porta na parede se abriu para o fosso de circulação de ar do prédio que ia até o subsolo. Ngalula desceu de rapel, deixando Gal para trás. O subsolo ficava abaixo da garagem e a única entrada que havia sobrado era pelo canal de respiro do edifício. Ao tocar o solo, novo comando abriu outra passagem também invisível a olho nu para um túnel que dava em outra estação abandonada do metrô, no Barsenal. Achou mais seguro não sair por onde sempre entrava. Olhou o cronômetro. Seus equipamentos já haviam explodido e incendiado tudo que havia na sede de Gal, no minuto três da contagem regressiva. Simultaneamente, explosão seguida de fogo destruiu os equipamentos em seus apartamentos na Zona Central e no Quilombo Universitário. Antes que o fogo provocasse um incêndio nesses prédios, sprinklers pré-programados apagaram as chamas restantes. Nada dos eletrônicos seria recuperável em medida alguma. Uma equipe de robôs faria imediata limpeza total dos entulhos e deixaria os apartamentos vagos e limpos, prontos para reocupação. Com a base era outro o procedimento. O fogo se alastrou. No momento zero, outro comando temporizado implodiu o prédio. O túnel desabou. Terra e entulho ocuparam toda a sua extensão. Obra que devia a uma engenheira da Irmandade da Noite, um contato virtual. Ninguém encontraria, porventura procurasse vestígios do corpo de Gal. Os escombros da implosão seriam um impedimento às buscas. Haveria numerosos cadáveres de invasores, muitos femininos. Ninguém se importaria.

Ngalula ficaria quieta, encovada por um tempo. Ressurgiria na nova heterônima, Chimwala, que todos passariam a chamar de Chimú. Ricabê e o doutorado ficaram no passado com Gal. Ela não podia ter ligações com a Cidade Universitária. Quem sabe um dia, ele encontraria Chimú por acaso?

Chimwala

e lhe darei uma pedra branca, e na pedra um novo nome escrito, o qual ninguém conhece senão aquele que o recebe.
— Apocalipse 2:17

Gal cancelada. Ngalula preservada. Sucesso no limite do possível nesses tempos, com alto custo pessoal e afetivo. Intervalo para Chimwala emergir. Ela tem dreads curtos com partes descoloridas, bem diferentes dos longos dreads da antecessora. Usa óculos, um artefato superinteligente, subproduto dos goggles que Ngalula usou na fuga. A IA do usável foi recodificada para impedir tentativas de identificação facial, além de várias outras utilidades para o complexo dia a dia de uma hacker e guerreira do fim do mundo. Chimwala, porém, não apresentaria sua heterônima digital @Morgana como cibertecno, ou hacker, e sim como "bruxa", especializada em feitiçarias e mandingas digitais.

A codificação escrita por @Morgana, a bruxa de Chimwala, tinha estilo, construção frasal, sintaxe e gramática muito diferentes da ciberlingo de @Aisha. Ngalula havia incluído algumas marcas discretíssimas nos códigos de sua heterônima cancelada e outras diferentes nos da nova heterônima, de modo que se um experiente identificador de padrões os analisasse afirmaria com certeza que as assinaturas pertenciam a duas pessoas distintas. No estilo de codificação de @Morgana não havia qualquer legado da gramática ou da semântica de @Aisha.

A metamorfose para surgimento de Chimú foi programada de modo a se passar um ano entre o cancelamento de uma e o aparecimento da outra. Ngalula teria tempo para se adaptar aos padrões de Chimú, meditar e apagar em si a memória de Gal. Seria como enterrar seus mortos. A morta era a heterônima que encarnara por mais de uma década. Sua avatara. O cancelamento virtual, no seu caso, equivalia ao desaparecimento físico. No começo do segundo mês da transição, Ngalula decidiu recorrer a Mestre Zu para orientação. Preparou a bebida de mescal, acendeu um incenso Kush da Satya e ficou em meditação por um bom tempo. Ao soar do gongo virtual, tomou a mescalina. Foi uma viagem por nuvens ora negras, ora com as tonalidades da aurora boreal, até divisar, entre elas uma espécie de pequena ilha com um vulto sentado em posição de yoga, rodeado por vaporosa neblina azul. Ngalula estava frente a frente com ele, quando o xamã abriu os olhos.

– Mestre Zu.

Fez uma reverência com as palmas unidas.

– Minha cara Ngalula, suas perdas serão compensadas. Você foi valente e usou de prudência. Isso é bom. Em alguns momentos, Gal foi dominada pela hubris. Isso foi mal. Não é bom que aconteça com Chimú.

Quando o mestre se calou, Ngalula, sem palavras, viu Gal se afastar e desaparecer em uma nuvem multicor. Antes que se refizesse, Mestre Zu fez-se nuvem também. Algum tempo depois, tudo parecia se mover em câmera lenta e as formas difusas de cores improváveis se dissiparam. Passado o transe, ela se levantou e foi para o banheiro. Abriu a ducha e entrou na água gelada. Ao sair do banho, estava bem. Olhou-se no espelho e se reconheceu. Era Chimwala.

Precisava tomar algumas decisões importantes. @Morgana não devia pedir filiação aos Legionários, pelo menos de imediato. Mas estava registrada na guilda dos bruxos e fazia parte da comunidade virtual Ciberpunk de hacktivistas. A relação de @Morgana com Chimú seria a mesma que havia entre @Aisha e Gal. Sua bio continha uma narrativa plausível sobre seu aparecimento tardio. Quando se formou em ciência da computação, @Morgana teve que cuidar dos pais em localidade pobre, sem recursos tecnológicos, com as ervas e poções que aprendeu com a mãe. Quando eles morreram, logo após o desaparecimento da mata onde sua mãe buscava as ervas, fez atribulada e perigosa jornada rumo à cidade, já na cauda final da neoêxodo, os caminhos infestados de gangues ferozes. Teve que lutar muito para não ser morta, nem estuprada.

Ao chegar, os empregos haviam desaparecido, a fímbria habitável era diminuta. Começou a trabalhar como phreaker e pen tester em equipamentos públicos, com recursos insuficientes. Quando suas reservas lhe permitiram investir em sistemas cibernéticos de última geração, entrou oficialmente no mercado profissional, como bruxa. A guilda dos bruxos era a mais exclusiva e requeria o domínio de cibermandingas secretas, com resultados constatáveis no ciberespaço. O portfólio construído com toda a cautela para não identificar os clientes ou implicá-la em cibercrimes era uma mistura de ficção e verdade. Ngalula fez serviços reais em seu nome, para dar uma base de veracidade à sua narrativa. Era realmente uma bruxa nível 5, o mais avançado.

O plano de cancelamento de Gal havia sido preparado há muito. Fez mais de um roteiro para a finalização de sua avatara e para o surgimento de uma nova heterônima para substituí-la. Concebeu Chimwala e a segunda heterônima @Morgana que só existiria no ciberespaço. Viver em seu tempo era mesmo uma difusa mistura de realidade e virtualidade na qual cada minuto definia a chance do próximo.

A vida de todos na ciberesfera, puramente virtual, era um jogo de máscaras, uma fantasia na qual cada um adotava a identidade que quisesse e imprimia seus desejos secretos. A vida na socioesfera, embora real, era cada vez mais limitada. O ambiente físico e social da cidade era inóspito. As oportunidades eram poucas, a probabilidade de sucesso, mínima. Todos precisavam avançar pela tênue linha entre vida e morte, irmãs siamesas inseparáveis. Existir já não fazia mais sentido como realidade puramente física. A amplitude do ciberespaço era essencial para não sufocar na estreiteza da existência em uma área arrasada, devorada por eventos climáticos extremos, e doente. O campo digital vibrava. O físico, em severo encurtamento, toda a emoção estava concentrada na noite apagada. Só no apaga a vida pulsava com força. Atravessava-se o apaga-pega de braços dados com a morte. Era matar ou morrer, viver o risco concreto e iminente da virada fatal. Peripeteia. As raves, com sua música vibrante, os efeitos das leds amplificados pelos concentrados psicodélicos, a dança, o sexo, eram a catarse. Toda rave era uma celebração da sobrevida. Viver em si já não importava tanto, contava o momento seguinte, o sobreviver.

Chimú precisava atualizar os seus equipamentos, adquiridos quando Ngalula a concebeu como reposição para Gal. Também investiria em montar suas novas bases. Pôs os equipamentos que reciclaria na caçamba da picape elétrica e rumou para o Beco do Silício. Passou a manhã inteira negociando as trocas e comprando as baterias necessárias. Quando terminou, estava faminta. Não existiam mais restaurantes, ou lanchonetes. Ela havia levado seu almoço e resolveu comer numa pracinha transversal ao Barsenal. Ficou observando o movimento nas lojas do Barsenal e percebeu que a pracinha não se chamava Tranquilidade por acaso. Nela, quase não havia movimento. Ótima opção para sua nova residência. Depois de comer, percorreu os poucos prédios da praça e descobriu que o ocupante da cobertura de um deles foi cancelado recentemente no apaga-pega. A cobertura era ótima opção porque permitia vigiar melhor as aproximações, embora não previsse que ela viesse a ser molestada por desafetos tão cedo. Garantiu a reocupação rapidamente. Da pracinha, seguiu rumo à Alameda do Delírio, mas, antes de chegar, entrou numa rua que dava na Terra de Ninguém, uma região livre do controle de gangues, facções ou senhores da guerra. Bom ponto para instalar sua base principal, de onde, como @Morgana, comandaria sua heterônima, ela seria uma só, ao contrário da antecessora, e desenvolveria suas ciberpoções e cibermandingas. Já era quase noite. Seu relógio indicava que o apagão começaria em 40 minutos mais ou menos.

Voltou para o abrigo provisório que havia preparado para o período de transição, vestiu-se para o apaga, colocou suas SIG Sauer P238 nos coldres que faziam parte do macacão. A roupa era sem truques que lhe dessem vantagens contra os glocks, em obediência ao pacto. Mas era térmica e, caso fosse ferida e não morresse imediatamente, ela lhe injetaria um composto de benzedrina, como estimulante, epinefrina e adrenalina para ação antichoque e Quickcloth, agente hemostático coagulante. Dependendo da gravidade do ferimento, esse composto lhe permitiria chegar até sua clínica de preferência. Havia várias espalhadas pela cidade. Chimú havia escolhido a clínica de Pilirani, com a qual já havia feito a aproximação necessária. Marcou uma visita, com recomendação de uma mercenária conhecida de Ngalula, por nome de guerra Muunokhoi que havia sido cliente dela. Muunokhoi teve uma ótima relação com Pilirani, até morrer em um dos conflitos entre facções pelo controle da Zona Central. Para demonstrar sua relação com Muunokhoi, vestiu o macacão que a mercenária usou em muitas das vezes que foi à clínica com ferimentos a bala. Ngalula o havia resgatado do esconderijo da amiga morta. As duas se entenderam perfeitamente e ficaram amigas rapidamente.

A cada novo detalhe que Chimú adicionava à sua vida, Gal desaparecia mais completamente. Sua identidade anterior seria em pouco tempo totalmente apagada e também a memória da passagem digital de @Aisha. Seu nome social já havia sido completamente apagado. Agora era a hora e a vez de @Morgana. Nos comentários, lendas e rumores da rede já se falava no fim heróico de @Aisha, a maior de todos os hackers, de nome real Gal.

Precisava se desapegar de todas as relações afetivas dela, as mais fugazes e as mais profundas. Principalmente, de Ricabê. Gal não conseguiu manter-se sentimentalmente apartada dele. Seu desencanto e sua vida alienada do real exerceram nela um fascínio que não pôde controlar. Ele era o seu contrário e por isso se completavam. Havia nele uma fragilidade que a arrastava em sua direção. Ricabê era a coordenada no recesso de seu afeto em que o desapego travava. Ngalula pensava em como foi cruel deixá-lo sem uma explicação para o desaparecimento de Gal. Ela lhe estava sonegando o luto, deixando inacabada a perda da companheira. Mas não havia outro caminho. Qualquer desvio no plano de total cancelamento da outra para preservar-se e garantir sua existência como Chimú teria desfecho trágico. O único caminho era o esquecimento total. Ela precisou fazer um trabalho de apagamento da memória ajudada pelos monges e pelo chá lisérgico que só eles conheciam. Para sobreviver é sempre possível esquecer tudo de si, até as lembranças mais queridas. Somente quando Ricabê fosse totalmente deletado dos seus afetos, ela estaria completa e poderia começar a agir livremente. Só então cuidaria de descobrir a pessoa que matou Gal. Ela não lhe escaparia.

Ausência

A chamada de Rãnagá interrompeu sua leitura e, por um segundo, pensou que fosse Gal.

– Ric, você já terminou a seleção com os alunos que se inscreveram em seu curso? Como previ, os pedidos de inscrição ultrapassaram de muito o número de vagas que você definiu. As aulas começam em uma semana.

– Ainda não terminei, mas elas estão progredindo bem. Já tenho mais da metade da turma.

– Quanto mais cedo terminar, melhor.

– Sim, sei o que perguntar para escolher os que podem render no curso.

– Vamos logo fechar as inscrições.

– Não, prefiro deixar abertas. Se aparecer alguém mais interessante, eu vejo como fazer.

– Certo. Como você está passando?

– Tudo bem, fazendo as leituras e anotações para o curso e ler me faz sempre muito bem.

– Gal já deu notícias?

– Nada ainda.

– Esse sumiço o incomoda muito, não é querido?

– É, está me deixando ansioso, mas tenho a esperança que ela apareça. Deve estar enrolada no trabalho. Ele sempre lhe traz problemas demais. Pior é o segredo sobre o que ela faz. Isso me deixa mais angustiado. Deve ser algo clandestino e perigoso

– Ah, Ric, fora o que fazemos na universidade, como professores, quase todos os outros afazeres são clandestinos na parte ou no todo e viver é perigoso em toda parte.

– É, até eu ando me considerando meio clandestino.

Era verdade que Ricabê estava mergulhado nas leituras. No momento, relia a novela *He who shapes* um belíssimo texto de Roger Zelazny. Na clássica novela, publicada em 1965, o personagem, um psicanalista, vivia em um estado de espírito parecido ao seu, deslocado, desmotivado. Uma jovem com desabilidade visual o procura para fazer o desenvolvimento que a habilitaria a se tornar uma psicanalista. A psicanálise se fazia por uma conexão mental entre o analista e a paciente. Ela ficava dentro de um casulo oval para imersão total, que se conectava com o cérebro do analista. Para ser capaz de levar adiante a análise, ele teria que ensiná-la a ver. O vínculo que se estabelece entre os dois na esfera virtual lembrava sua relação com Gal.

Mas o que o impressionou foi a antevisão, ainda nos anos 1960, de como seria a psicanálise no futuro. Nos dias atuais, ela acontece em realidade virtual, que reproduz um consultório e a relação entre os dois se dá pela conexão mental, permitindo terapia bem mais focada e rápida. Decidiu incluir a novela na sessão sobre os precursores da ciberficção, com uma forte pegada metafísica. As conexões mentais e máquina-cérebro se tornaram parte do cotidiano, mudaram totalmente não só as terapias, mas toda a vida humana, especialmente após o início dos apagões e com a chegada dos dias proibidos. Aqueles em que ondas mortais de calor, ou as violentas enchentes, ou as nevascas breves e avassaladoras, ou os furacões e seus similares impediam as pessoas de sair de casa.

Ricabê ficava impressionado que sobrassem dias que pareciam normais em que podiam sair e tecer o cotidiano que foi a base da vida anterior ao colapso. Essas ligações diretas do cérebro com as máquinas ampliaram tremendamente as possibilidades da medicina, o avanço dos biônicos e criaram um contínuo metapsíquico entre o campo social e o ciberespaço. A imensa capacidade científica e tecnológica da humanidade coincidia com a tormentosa deterioração de seu ecossistema. Os extremos climáticos destruíam a biosfera e reduziam o ambiente da vida humana. A queda das nações foi resultado dessa redução, dos conflitos, dos genocídios. A cibernetização da vida permitia escapar virtualmente da crescente degeneração do âmbito físico, mas havia um limite e se aproximavam perigosamente dele.

Ele queria discutir com os alunos as dimensões do visionarismo dessa literatura e a transição da utopia para a distopia. Considerava que o ressurgimento da literatura distópica e de especulação científica criou um novo momento do neorrealismo. Havia vários depoimentos de cientistas dizendo que a ficção científica e a ciberficção os inspiraram a buscar outras hipóteses de pesquisas e romper impasses de anos em suas investigações. Esta mesma influência é registrada por muitos tecnólogos. O centro da lógica distópica ciberpunk é a contradição entre a extraordinária capacidade científica e tecnológica da humanidade e sua autodestrutiva insensatez. Era o retrato do que verdadeiramente viviam.

Quando tinha uma ideia que considerava boa para o curso, como agora, ele sentia aguda falta dela. Pensava algo e, sem seguida, perguntava-se o que ela acharia, ou sentia necessidade de mostrar a ideia para ela, ou pensava "quando ela chegar vamos poder discutir o programa". Mas nada de Gal aparecer. A animação se dissipava na frustração com o desaparecimento da mulher que mudou sua vida. A depressão seguia a frustração e ele parava de pensar. Mas, logo, o ser sombrio que o habitava, o fazia espantar esses sentimentos que o desarmam e fazem vulnerável. Ele era agora luz e Sombra, ele e Outro. O seu lado sombrio contestava sua depressão. Ele vivia paradoxal conflito interno. Era do Sombra que lhe vinha a energia vital. Tornou-se uma composição insolúvel.

Rãna temia que Ric deprimisse e decidiu que não podia deixá-lo só e foi até ele. Era o entardecer do que no passado, seria o inverno. No horizonte, uma lua azul nascia grande e vermelha. O fenômeno astronômico se transformou em metáfora existencial desse planeta surreal em estertor. A lua foi antes chamada de azul por ser rara. Agora a lua era vermelha, metáfora da interdição e do cotidiano sangrento das noites. Ela ia pensando sobre a natureza tormentosa em que viviam e como deixava as pessoas mais vulneráveis a choques emocionais. Era o que a preocupava, a fragilidade emocional do amigo.

Bateu à sua porta com a mente abrumada pela apreensão com o estado do amigo. Ele atendeu quase imobilizado pelo conflito de sentimentos que o dominava. Foi com alívio que a viu. Beijaram-se e ele a abraçou demoradamente.

– Nossa, você está com uma cara péssima, Ric. Tá deprimido? Voltaram os pensamentos derrotistas?

– Pensava nos erros que cometemos involuntariamente e, quando nos damos conta, já não há o que fazer.

– Sempre há o que fazer, Ric. É preciso acreditar nas encruzilhadas.

– No fim do mundo, não temos tempo para consertar nossos erros, Rãna, nem os meus, nem os nossos, coletivos. Nosso tempo passou. Estamos na prorrogação. Fim das encruzilhadas todas.

– Hoje somos terminais. Mas, não acredito nos superdeterminismos. Ao contrário de você, eu acho que temos todo o tempo imaginável. Cada minuto é uma vida inteira. Diante do praticamente inevitável, as pessoas devem mudar radicalmente de rumo, abrir ouros caminhos com novos cruzamentos. É uma questão de sobrevivência individual e da espécie, querido.

– Meu relógio é um cronômetro em contagem regressiva, Rãna. Só não sei quando começou a contar, não sei o marco zero, nem o minuto final.

– Se tivermos propósito quem sabe podemos fazer desses fragmentos de inferno em que vivemos hoje, um novo mundo?

– Não há tempo para sonhar, Rãna. Do que você está falando?

– Você é um pensador, Ric, pode pensar o sonho desse novo mundo. Um sonho de reconstrução, no qual as pessoas queiram acreditar e, na busca dele, ir fazendo o caminho. Talvez a gente consiga interromper e até reverter o processo que está nos levando à extinção. Um renascimento.

– Eu não posso criar algo em que não acredito Rãna, você não percebe quem está no caminho desse sonho impossível?

– Como assim?

– É você que acredita no futuro, é você que tem as ferramentas para o mapa rumo a uma nova utopia. É uma pensadora de primeira grandeza e é da sua voz, não da minha, que as pessoas precisam. Você pode nos fazer capazes de sonhar outra vez. Você é da hora.

– Há que ter alguma esperança, você é o filósofo que mais admiro. Eu acreditaria no seu sonho.

– Não, querida, você é a filósofa da hora. Você e Jamila Ban. Eu as admiro pela ousadia de pensar e esperançar.

– Você não tem esperança?

– Tenho, uma só. O nome dela é Gal. Escreva Rãna, é de você que eles precisam, não duvide de si. Eu sou o passado, você é o presente e tem a possibilidade de lançar uma ponte para o futuro. Nos dê o sonho.

– Ai, Ricabê, você fala como se fosse um ancião. Temos quase a mesma idade. O que mais você pode fazer?

– Procurar Gal. Agora sei que a posso encontrar. E sei que você pode dar uma chance para nossa cidade. Eu gosto demais de você, Rãna, mais do que de qualquer pessoa. Não tenho a sabedoria dos anciãos, vivo em desalentado desencanto.

– E ama a Gal.

– Eu tive uma epifania com o Psilocin que ela me deu. Gal é um símbolo. O nome da mulher com quem fiquei não pode ser Gal. Procurei por toda parte. Ela não existe. Não sei qual é seu nome verdadeiro. Mas Gal, é um projeto, uma visão de mundo, uma aventura possível.

– Pelo menos me ajuda? Lê criticamente o que eu escreva?

– Isso eu posso fazer, mas lembre-se que meu ceticismo é corrosivo.

– Estou vacinada do seu negativismo. Por isso posso ficar com você sem me ferir.

– Eu aprendi com ela sobre uma realidade que eu e você desconhecemos.

– Eu conheço essa realidade de que você fala, Ric, não sou alienada de nossa sociedade. Apenas não a curto. Eu fiz uma escolha.

– Pois é, você fez a escolha de ser uma das pensadoras da Cidade Universitária. Para isto ela foi criada, é mantida e protegida. Para pensar saídas, para ter ideias de como adiar o fim do mundo. Como aquele filósofo indígena tentou. Você tem o DNA intelectual dele. Eu não cabia no que eu vivia. Precisei pisar no real e ele me contaminou.

– Tá, não vou prolongar essa discussão. Talvez você tenha razão. Estava há muito tempo sem escrever, porque havia perdido o propósito. O primeiro projeto está pronto. A antimetafísica. Pode ser que eu precise mesmo fazer parte da busca por um sonho ainda possível. Só vou saber se tentar. Não sei se utopia ou antidistopia.

Prometo que vou tentar. Agora vamos nos divertir juntos, fechadinhos aqui neste casulo, enquanto podemos.

Foi até ele e o beijou. Puxou-o para o quarto, enquanto se esfregava nele, sentindo seu pau crescer. Fizeram sexo demorado e sincero até o apagão.

– Não vou poder sair daqui tão cedo,

– Ótimo, você está no lugar certo.

Fim e começo

Rãna o deixou mais calmo e ficou mais animada. Eles se faziam bem. Talvez o segredo fosse a liberdade do relacionamento. Depois que ela saiu, ele tomou um banho e vestiu roupas confortáveis. Sentou-se em sua poltrona e retomou suas leituras. No dia seguinte, entrou na sala virtual para entrevistar vários candidatos ao curso. Depois iria ao Departamento para ver Rãna em sua sala e lhe contar o resultado das conversas. A sala virtual lhe permitia fazer a seleção sem ter que se deslocar para a universidade e com maior rapidez.

Conseguiu selecionar mais 15 estudantes, entre os 45 que entrevistou. Ao terminar, foi até a sala de Rãnagá. Como sempre, ela o recebeu calorosamente, corpo colado no seu, beijo na boca, carinho nos cabelos.

– Oi Ric, como foram as conversas?

– Estão indo, Rãna, consegui chegar a trinta e cinco.

– Vê se não está sendo rigoroso demais. É bom que passou o piso de vinte. O ideal seria fechar quarenta.

– Ao contrário, se examinasse com rigor, nem esses trinta e dois entrariam.

– Bom, você é que sabe.

– Relaxa.

Beijaram-se e ele saiu.

Na saída, cruzou com um aluno do curso anterior, o CêZé. Cumprimentaram-se, Ricabê ia seguir adiante, mas o rapaz fez um gesto para que esperasse.

– Professor Ricabê, as inscrições para o seu curso fecharam?

– Ainda não, ficarão abertas até o dia da primeira aula. Mas já comecei a seleção dos alunos. Tenho mais inscritos que vagas abertas.

– Queria me inscrever. O que devo fazer para a seleção?

– Você conhece ciberficção?

– Sim! Leio muito. Li os clássicos, a começar por *Neuromancer*, no qual Gibson deu nome ao ciberespaço e à cibercultura. Eu sou um sintesista.

– Por que fazer o curso?

– Meu interesse central é a filosofia. Penso em escrever sobre Lévy, Lyotard e os filósofos do colapso, Henkel e Trilardi. Verificar como suas ideias na verdade nascem da ciberficção. Fazer um confronto entre a filosofia da cibercultura e a cultura da ciberficção. Acho que é uma parte do conhecimento a que a posteridade deve ter acesso e nela pode estar uma chave para a saída desse labirinto distópico em que entramos.

– Inscreve no curso, sua entrada já está aprovada.

– Valeu, obrigado... vou falar com alguns colegas que são apreciadores do gênero. Espero que possamos ter a Gal na turma. Ela tem boas ideias e muita informação tecnológica, poderia ajudar muito nas discussões. Mas, acho que não estará...

– Por que você acha isso?

– Vou ser honesto e terei que revelar alguns fatos que me comprometem.

– Não tenho nada a ver com o que vocês fazem na vida. Hoje, certo e errado não fazem mais sentido.

– Bom, meu pai, como deve saber, é um grande matemático e eu fiz matemática avançada, antes de entrar no doutorado de filosofia.

Acabei por me encantar com a codificação e me tornei um codificador bastante sofisticado. Daí, foi uma transição natural para o hacktivismo.

– Você é hacker?

– Não profissionalmente. Mas frequento as redes cibertecno. Sou um hacktivista a serviço da posteridade. Pus minhas habilidades de hacker a favor da Fraternidade dos Sintesistas.

– O que isso tem a ver com a Gal?

– Então, não tenho certeza. Há muito tempo observo os comentários sobre uma hacker lendária, @Aisha. É considerada a melhor do momento e está entre os três melhores de todos os tempos. Como sabe, techies nesta função precisam esconder o seu nome verdadeiro. No caso de uma com as habilidades que dizem ter @Aisha, seria quase impossível ultrapassar todas as barreiras e compartimentações que a protegem. Desconfiei que Gal fosse ela e resolvi tentar descobrir.

– Conseguiu?

– Não, antes que conseguisse, ela me pegou. Nunca consegui sequer chegar aos servidores de @Aisha. Consegui entrar no seu, sei que andaram ficando, e no dos pais de Gal. Mas nada encontrei. Ela neutralizou meus artefatos antes que pudesse fazer busca mais profunda. Eu só queria confirmar se era ela essa hacker lendária. Nenhuma má intenção. Nunca a poria em perigo.

– Não entendo o que você está querendo me dizer.

– Então, se ela for a lendária @Aisha, e suspeito que seja, os rumores são de que outra pessoa dotada de extraordinárias cibercapacidades hacker, a está caçando. Houve uma batalha devastadora na Zona Central e o rumor é que @Aisha foi cancelada.

– Você tem certeza de que é Gal?

– Não, só uma forte suspeita.

– Mas de onde vem sua suspeita de que é ela a hacker lendária?

– Conversamos algumas vezes sobre matemática e ela conhece muito de matemática, codificação e tecnologia, tem todas as aptidões para tanto. É brilhante. Como ela sempre foi muito evasiva sobre a consultoria cibernética que dizia ser seu trabalho, achei que tinha algo a esconder e, talvez, fosse uma camuflagem para suas ciberatividades. Não há traço de uma Gal consultora cibernética ou em qualquer outro lugar, só aqui na Cidade Universitária. E, de repente, ela sumiu.

Ricabê suava frio. Ele mesmo tentou encontrar a consultoria cibernética de Gal e não achou. Oscilava entre o pânico de a perder para sempre e a esperança de que fosse um engano de CêZé.

– Vocês eram amigos próximos?

– Não, apenas colegas em alguns cursos. Conversamos no campus. Mas eu a observo há muito tempo. Foi por isso que descobri que vocês estavam ficando.

A conversa murchou. Ricabê lhe disse novamente para se inscrever no curso. Despediram-se. Ele seguiu para casa, o coração gelado. CêZé lhe havia dado a explicação mais plausível que encontrara até então para os sumiços de Gal e para as dificuldades que ela dizia estar enfrentando no trabalho. Hiperinteligente como era, não via dificuldade alguma para que fosse uma hacker de ponta. Ela certamente tinha altas habilidades. Podia imaginar como eram perigosos os serviços para os quais era contratada. Tudo fazia sentido e explicava seu desaparecimento.

Mas, havia aquela esperança. Ela podia ser várias em uma, saberia proteger muito bem seu nome. Ameaçada, saberia como preservar sua pessoa física. Se isto aconteceu, teria que ficar escondida por um tempo, até passar o perigo imediato. Se fosse mesmo uma hacker desse porte e calibre, não deixaria muitas pistas ligando @Aisha a Gal. Era tudo factível inclusive um desaparecimento estratégico, até poder reemergir com outro ciberapelido. Esses pensamentos acalmaram seu espírito e ele retomou suas leituras. Leu até a noite chegar e, com ela, o apagão. Resolveu fazer algo para jantar. Depois de comer, voltou às leituras, até o sono chegar, já no alvorecer.

Levantou-se com um pouco mais de ânimo. Formou-se em sua cabeça uma narrativa na qual Gal era de fato a cibertecno lendária de que CêZé falou e foi atacada por uma superhacker, igualmente habilidosa. Tendo seu nome verdadeiro ameaçado, Gal sacrificou sua identidade digital simulou seu desaparecimento como @Aisha e submergiu por um tempo, até o perigo passar. Já a havia visto em ação no apaga-pega, era uma exímia atiradora e lutadora. Que outras habilidades ela não poderia ter? Não percebia que, desta forma, negava a possibilidade de que Gal estivesse terminada. Após o café da manhã, voltou às leituras, menos perturbado pelas dúvidas sobre o paradeiro dela. Foi interrompido por Rosie, anunciando Rãnagá.

– Oi Rãna, tudo bem?

– Tudo bem, Ric. Terminou a seleção de alunos?

– Quase. Criei uma sala virtual para as entrevistas, dessa forma podem entrar a hora que quiserem e Rosie me chama quando a sala tiver ocupante. Já tenho uma boa turma de 36 alunos e ainda faltam vinte para entrevistar. Além disso, suspeito que haverá inscrições de última hora. Ontem mesmo aprovei um aluno que nem estava inscrito.

– É, mas tem que chegar logo aos quarenta para dar uma turma parruda.

– Não se preocupe Rãna, vai dar tudo certo.

– Você está de bom humor, hoje, Ric. Gal apareceu?

– Não deu notícias. Ela não está podendo se comunicar, nem vir aqui no momento.

– Como sabe?

– Um pressentimento.

– Sei. Em dez minutos estou aí. Beijo.

Ela desligou antes que ele pudesse dizer qualquer coisa. Em 10 minutos, Rãna bateria em sua porta e ficariam conversando e fazendo sexo. Só parariam quando ela quisesse. Logo ela chegou, beijaram-se na boca com vigor. Mas ela queria primeiro conversar.

– Você voltou a ficar deprimido.

– Estive. Mas não estou mais.

– Gal deu notícias?

– Não deu. Mas tive uma conversa esclarecedora, com um colega dela.

– Como assim, conversa esclarecedora?

– Tudo indica que Gal é o nome de uma hacker lendária, conhecida como @Aisha e parece que descontentou alguém que lançou uma caçada brutal pela Zona Central para pegá-la. Por isso teve que desaparecer. Agora, repassando nossas conversas, vejo que ela me avisou repetidamente que poderia sumir por uns tempos.

– Parece plausível. Vi mensagens nas redes dizendo que houve mesmo um conflito brutal na Zona Central. Chamou até a atenção da Polícia Cibernética. Mas cuidado para não entrar em negação e fantasiar um retorno de Gal.

– Só pode ser isso, Rãna. Ela tem habilidades cibernéticas, sem dúvida. Vi como reprogramou a Rosie e como agiu quando meu sistema foi invadido. Não sei dizer o seu nível de habilidades neste campo, mas ela pode ser uma hacker lendária, tem os atributos pessoais para isso e é a melhor explicação para seus segredos. Gal pode ter mil nomes. Deve ter abandonado @Aisha e reemergirá no cibermundo com outro nome. Não dá para saber se teve o seu nome comprometido também. Você sabe, hackers não revelam seu nome verdadeiro. O único jeito é esperar.

– Então, você está preparado para começar o curso?

– Preparado e animado. Os alunos que selecionei são de bom nível. Nada espetacular. Os que ainda não entrevistei foram meus alunos e sei que posso chegar a até quarenta e cinco. Vai dar discussões e trabalhos interessantes. Vou escolher três como assistentes e vamos escrever alguns trabalhos juntos.

– Você sabe que pode ter até cinco assistentes, não é?

– Sim, vou deixar duas vagas abertas. Preencho depois.

– Segui seu conselho e comecei a pensar no renascimento possível. Acho que há mais de um caminho para chegar a ele. Comecei as anotações, sabe como é meu método. Não sei se chegarei a uma utopia, mas vejo possibilidades de renascimento moral e reconstrução social e ambiental.

– O famoso quadro de cortiça digital de Rãnagá.

Riram.

– Você pode escrever sobre o sonho. No fundo, sempre seguiu utopias. Eu sou um fruto da distopia. Uns dizem que a distopia não dá saída, é reacionária. Bobagem, 1984 do Orwell é uma distopia, tem saída e é progressista. Ele era da Sociedade Fabiana, lutou contra o fascismo, em outra era, bem longe da nossa. A distopia é um alerta. A utopia é uma direção, um propósito, pode até ser a saída de uma distopia realizada.

– Concordo, Ric. Mas, você tem que reconhecer que distopias desiludem e podem levar ao desalento e à negação. É o medo que faz as pessoas negarem a realidade.

– Está vendo, Rãna? Você é a pessoa certa para dar substância a uma utopia progressista, de saída dos escombros desse mundo desabado.

– Ai, Ric, isso é grandioso demais. Menos...

– Tenho certeza de que você sabe o que fazer.

Rãna beijou sua boca e o levou para o quarto. Horas depois, perto do amanhecer, ela avisou que precisava ir para casa. Beijaram-se e ela saiu convencida de que tinha uma missão a cumprir. Estava revigorada. Iria além do banarquismo. Ela sempre imaginou que Ricabê fosse a pessoa certa, mas agora sabia que era dela essa tarefa. A dele, era mostrar as entranhas do sobrevivente.

Ricabê se levantou, comeu uma refeição leve. Sentou-se em sua poltrona preferida, dele e de Gal, e esperou. Já não tinha ilusões. Gal não apareceria tão cedo. Mas ele era Outro. Havia mudado de dentro para fora desde que a conheceu. Era de toda a cidade, não era mais apenas da Cidade Universitária. Agora sabia que uma só era possível imersa na outra.

Sinal de apagão. Gal não veio mesmo. O Sombra empurrou Ricabê até a porta. Ele tirou a Walther PPQ da gaveta, colocou na cintura, na parte de trás da calça, e saiu.

Agradecimentos

O ofício de escritor tem como prêmio os leitores. No meu caso, este prêmio chega antes, pelas mãos dos leitores que, a meu pedido e generosamente, aceitaram ler os originais. Leituras atentas que me ajudaram a aprimorar o texto, resolver incongruências, cortar excessos.

Míriam Leitão é minha primeira leitora sempre, nossa união amorosa teve, desde o início, os livros por companheiros. Seus conselhos são sempre precisos.

Meu filho Rodrigo Abranches leu e sua leitura me convenceu de que estava na trilha certa.

Afonso Borges é um amigo fraterno. Acompanhou várias versões do livro, sempre crítico e sempre entusiasmado, a ponto de me convencer a escrever uma trilogia. Quem sabe?

Minha querida amiga Bianca Santana, de inteligência aguda e insuperável simpatia, também leu criticamente o original, com proposições preciosas.

Ricardo Prado, maestro, escritor e editor, amigo fraterno de tempos imemoriais, leu duas vezes, porque não tinha intimidade com a ciberficção, e me deu conselhos importantes.

Leituras generosas e, nem por isso, complacentes, oferecendo muitos comentários. A maioria segui à risca, que não me atreveria a desperdiçar pontos tão preciosos. O que restou de impropriedade foi por minha teimosia. Saberá o leitor julgar se fui fiel aos conselhos.

Agradeço a Lucia Riff e Eugênia Ribas-Vieira por cuidarem do livro e o encaminharem para edição, com muita gentileza e simpatia.

Agradeço a Rodrigo de Faria e Silva os cuidados e a presteza com o livro.

Algumas pessoas foram especiais em minha vida, embora tenhamos convivido de passagem. Hoje consigo identificar sua influência para que decidisse escrever ficção.

Fica aqui, antes do fim do mundo, registrada minha gratidão passada e presente.

Nota do autor

Livros são dívidas impagáveis com aqueles leitores que ajudam o autor a testar sua narrativa. Na preparação deste *Na franja do fim do mundo*, me endividei com as leituras preciosas de Míriam Leitão, Afonso Borges, Rodrigo Abranches, Bianca Santana e Ricardo Prado fica aqui o reconhecimento da dívida e meu sincero agradecimento. Ao escrever percebi que tinha também dívidas intelectuais de leituras e alguns preciosos encontros ao longo de minha vida. As conversas com Carl Sagan no campus da Universidade Cornell me abriram a vista para a imensidão do cosmos e suas possibilidades e sobre a importância das boas especulações da ficção científica para a ciência. Ler Kurt Vonnegut, William Gibson, Isaac Asimov, Arthur C. Clarke e Philip K. Dick mudou para muito melhor a já bastante positiva opinião que sempre tive sobre ficção científica e ciberficção. De aficionado de um gênero específico, me tornei admirador de uma literatura. A minha vida de leitor eclético e de professor inconformado me ensinou a dar valor ao que se aprende nos livros e nas interações, tenho também, portanto, uma dívida de gratidão com meus pais e avós que tinham livros em casa e nunca disseram que não podia ler um deles, ao contrário, me instigavam à leitura, e com os professores que me fizeram ler com método e com as conversas que me enriqueceram o espírito.

Quem quiser conhecer os livros que Ricabê programou na sua bibliografia para o curso *Cibercultura e ciberficção: novas dimensões doreal,* aqui vai uma lista básica.

Donna Haraway, *Manifesto Ciborgue*, 1985.

Sherry Turkle, *O segundo eu*, 1984, e *A vida no ecrã1997*.

Jean-François Lyotard, *A condição pós-moderna*, 1998.

Pierre Lévy *Cibercultura,* 2001.

Howard Rheingold, *A comunidade virtual*, 1993.

René Chumango, *A morte da Internet, vida longa à AlterWeb*com,de 2029 (obra ficcional inexistente).

Marshall McLuhan, *Os meios de comunicação como extensão do homem*, 1964.

Janet H. Murray, *Hamlet no Holodeck*, 1997.

N. Katherine Hayles, *Máquinas de Escrever: A Escritura e a Tecnologia na Era Digital*, 2002.

N. Katherine Hayles, *Literatura Eletrônica*, 2008.

Edgar Allan Poe, *O Homem que Foi Usado*, 1844.

Jules Verne, *Vinte mil léguas submarinas*, 1870.

George Orwell *1984,* 1949.

Anthony Burguess, *A Laranja Mecânica*, 1962.

Isaac Asimov, *Eu Robô*, 1950.

Isaac Asimov, *Fundação*, 1951.

Kurt Vonnegut, *Piano Mecânico*, 1952.

Philip K. Dick, *Andróides sonham com ovelhas elétricas?*, 1968.

Margaret Atwood, MaddAddão, 2003.

Ursula K Le Guin, *O lado esquerdo da escuridão*, 1969.

William Gibson, *Neuromancer*, 1984.

Vernor Vinge, *True Names*, 1982.

Pat Cadigan, *Mindplayers*, 1987.

Neal Stephenson, *Snow Crash*, 1992

William Gibson *Reconhecimento de Padrões*, 1993.

Bruce Sterling, *Tempo Fechado*, (originalmente, 1994), 2008.

Richard K. Morgan, *Carbono Alterado*, (originalmente, 2002), 2017.

Ernest Cline, *JogadorNo 1*, (originalmente, 2010), 2019.

Em aula, ele faz referência às seguintes obras:

Elizabeth Kolbert, A sexta extinção: uma história não natural, 2005

Daniel Dennett, A perigosa ideia de Darwin: evolução e o significado da vida, 1998

Charles Darwin, A origem das espécies, várias edições

Clara Selene, *O estágio de nossa extinção,* livro fictício

Bert Sagan, *A derradeira extinção,* livro fictício.

Vernor Vinge, *Marooned in Real Time*, 2004, nunca foi traduzido.

Ray Kurzweil, A era das máquinas espirituais, 2007.

Steve Mann, *Cyborg: Digital destiny and human possibility in the age of the wearable computer, 2001,* nunca foi traduzido.

Nick Bostrom, *Superinteligência:* Caminhos, perigos e estratégias para um novo mundo, 2018.

As outras referências são fictícias.